Bühnenfieber
- Herzenssache -

Die Münchner Autorin A.R. Klier hat ihre ersten Gehversuche schon zu Schulzeiten gemacht: Insgesamt drei Mal nahm sie am KWA-Schülerliteraturwettbewerb teil und wurde 2012 für die Kurzgeschichte *Einsame Familie* mit dem ersten Preis ausgezeichnet. Rund um die Assistenzärzte Niklas und Frederik sind bislang vier Krimis erschienen: *Anfängerfehler*, *Folgefehler*, *Kunstfehler* und *Systemfehler*. 2018 beginnt mit *Herzenssache* die neue Buchreihe *Bühnenfieber*.

Bisher von A.R. Klier erschienen:
Anfängerfehler
Folgefehler
Kunstfehler
Systemfehler
Herzenssache (Bühnenfieber 1)

Mehr über die Autorin unter:
www.ar-klier.com
www.facebook.com/AutorinAndreaKlier/
www.instagram.com/a_r_klier

A.R. Klier

Bühnenfieber
- Herzenssache -

*Bibliografische Information der Deutschen National-
bibliothek:
Die Deutsche Nationalbibliothek verzeichnet diese
Publikation in der Deutschen Nationalbibliografie;
detaillierte bibliografische Daten sind im Internet
über http://dnb.dnb.de abrufbar.*

© 2018 A.R. Klier

Umschlaggestaltung: Bernhard Klier

*Herstellung und Verlag: BoD – Books on Demand,
Norderstedt*

ISBN: 9783748100270

Teil 1: Spielzeit München:
März bis Mai

Kapitel 1

»Ist gut, ich bin gleich da.« Hastig beendete Oliver Wrede das Telefonat und ließ das Diensttelefon zurück in seine Kitteltasche gleiten. Ein Notfall für den Schockraum war ihm angekündigt worden, deswegen eilte der siebenundvierzigjährige Herz-Thorax-Chirurg vom Ärztezimmer der Herzstation zum Schockraum im Erdgeschoss. In weniger als fünf Minuten sollte der Notarzt mit seiner Patientin im Klinikum eintreffen.

Mit langen Schritten bahnte sich der Facharzt mit den kurzen schwarz-grauen Haaren seinen Weg über die überfüllten Flure der Notaufnahme und erreichte den Schockraum zeitgleich mit dem Internisten und Allgemeinchirurgen. Die Kollegen der Anästhesie, zwei Assistenzärzte und Pfleger waren bereits anwesend. Jetzt fehlte nur noch der Neurologe.

»Der Notarzt hat eine bewusstlose junge Frau angekündigt«, informierte Oliver Wrede das Schockraumteam und hängte seinen weißen Kittel an den Haken neben der Tür. »Sie wird beatmet, war zuletzt aber kreislaufstabil.«

Seine Kollegen nickten nur, jeder machte sich seine eigenen Gedanken.

Der Chirurg überlegte im Stillen, was sie erwarten würde. Bewusstlosigkeit konnte viele Ursachen haben. Probleme im Kopf, eine akute Blutung im Bauchraum, ein schwerer Sturz oder Stoffwechselstörungen. Anhand der wenigen Informationen, die der Notarzt vorab telefonisch durchgegeben hatte, konnte sich niemand ein genaues Bild machen.

Die Minuten zogen sich, doch dann waren endlich die schweren Einsatzstiefel von Rettungsdienst und Notarzt auf dem Flur zu hören.

»Moin!«, rief Notarzt Niklas Thorsen in die Runde. Normalerweise arbeitete er selbst als Unfallchirug im Hamburger Universitätsklinikum, doch an einigen wenigen Tagen im Monat tauschte er seinen weißen Kittel gegen die Einsatzjacke. »Wir bringen Nicole Jorgensen, achtundzwanzig.«

Kritisch musterte Oliver Wrede die Patientin auf der Trage. Blass war sie, aber die auf dem Bildschirm neben ihr angezeigten Werte für Puls und Sauerstoffsättigung sahen erst einmal in Ordnung aus.

»Sie ist Tänzerin im Operettenhaus und bei einer Vorstellung zusammengebrochen. Augenscheinlich gab es vorher keine Anzeichen für einen Zusammenbruch«, fuhr Doktor Thorsen fort und sah auf das Überwachungsprotokoll in seinen Händen.

»Sie war bei unserem Eintreffen bewusstlos, die Sauerstoffsättigung unter fünfundachtzig Prozent, deswegen noch vor Ort Intubation und Volumengabe. Das EKG weist Unregelmäßigkeiten auf, die ihr euch näher ansehen solltet.«

»Okay.« Doktor Wrede dachte bereits über die möglichen Ursachen des Zusammenbruchs nach.

»Lagern wir sie um«, entschied er und packte am Tragetuch mit an, um die Patientin von der Trage auf eine Krankenhausliege zu heben.

Notarzt und Rettungsassistenten warteten noch einen Moment, bis EKG-Monitoring und Beatmung von den mobilen auf Klinikgeräte umgestellt waren, dann machte sich das Trio wieder auf den Weg zu ihren Fahrzeugen. Doktor Wrede dagegen hatte sich schon komplett auf seine Patientin konzentriert.

»Pupillen sind seitengleich und reagieren unauffällig auf Licht«, meinte der Neurologe, der in erster Linie eine akute Hirnblutung ausschließen wollte.

Einer der Assistenzärzte nahm bereits Blut ab, während der Internist erst eine Ultraschalluntersuchung vom Bauch und schließlich vom Herzen machte. Doktor Wrede hörte derweil den Brustkorb ab.

»Wie sieht es aus?«, wollte er von seinem Kollegen wissen und legte das Stethoskop wieder beiseite.

»Bauchraum ohne Befund«, begann der Internist. »Allerdings sollten wir noch einen Gynäkologen hinzuziehen, denn unsere Patientin ist schwanger.«

Oliver Wrede runzelte die Stirn.

»Was das Herz angeht, das sollen Sie sich selbst ansehen«, schloss der Internist seinen Bericht und reichte Doktor Wrede den Schallkopf.

»Das Herz ist deutlich vergrößert«, stellte der Herzspezialist besorgt fest.

»Selbst für eine Leistungssportlerin ...«

Er veränderte die Einstellung am Ultraschallgerät, um die Gefäße besser darstellen zu können.

»Das erklärt dann wohl auch die Rhythmusstörungen.«

Für den Moment hatte er genug gesehen und legte den Schallkopf aus der Hand.

»Melden Sie uns für ein MRT an, um weitere Ursachen ausschließen zu können«, entschied er schließlich und sah auf die junge Frau.

»Gibt es irgendjemanden aus ihrem Umfeld, der berichten kann, wie es ihr in den letzten Tagen und Wochen ergangen ist?«

»Ich kümmere mich darum«, versprach der zweite Assistenzarzt und schob sich seine Brille wieder auf die Nase. Schon verließ er den Schock-raum. Einer weniger, der im Weg herumstehen konnte, stellte Wrede fest und folgte der Liege mit der Patientin zum MRT. Der Neurologe schloss rasch zu ihm auf, um über mögliche Di-agnosen zu sprechen.

Der Mitarbeiter in der Radiologie verdrehte die Augen, als ihm die Ärzte auf die Pelle rückten, um möglichst früh einen Blick auf die MRT-Aufnahmen zu erhaschen.
»Der Kopf ist ohne Befund« war die erste hilfrei-che Aussage, denn damit war schon einmal ein sehr großes Problem vom Tisch. Erleichtert at-mete Oliver Wrede kurz durch, der Neurologe verließ den Raum.
Konzentriert arbeitete sich der Radiologe durch die Schichtbilder des menschlichen Körpers und suchte nach Ursachen für Nicole Jorgensens Zu-sammenbruch.
»Das Herz ist deutlich vergrößert, Flüssigkeit im Herzbeutel«, stellte der Radiologe fest und ver-größerte den entsprechenden Bildausschnitt. Doktor Wrede stützte sich auf den Schreibtisch und studierte den Befund mit verkniffener Mie-ne. Der Verdacht vom Ultraschall hatte sich nun endgültig bestätigt. Jetzt musste er herausfin-den, warum sich der Herzmuskel entzündet hat-te. Ein verschleppter Infekt? Wenn ja, mit wel-

cher Infektion hatten sie es hier zu tun? Oder lag eine Reaktion des Immunsystems vor, die das Herz angriff? Oder war die junge Frau mit herzschädigenden Substanzen in Berührung gekommen?

»Okay, dann verlegen wir sie auf die Intensivstation, betreiben weiter Ursachenforschung und konsultieren einen Gynäkologen, ob mit der Schwangerschaft alles in Ordnung ist«, informierte Oliver Wrede die umstehenden Kollegen und rief selbst auf der Intensivstation an, um alles für die Aufnahme von Nicole Jorgensen vorbereiten zu lassen.

Der diensthabende Gynäkologe kam zehn Minuten nach Nicole Jorgensens Verlegung auf die Intensivstation und überprüfte mit einem mobilen Ultraschallgerät den Zustand des Ungeborenen.

»Gibt es einen Mutterpass?«, wollte Doktor Jäger wissen, während er das Baby vermaß.

»Sie hatte keine persönlichen Dinge bei sich, aber einer meiner Assistenzärzte bemüht sich gerade, mehr herauszufinden«, stellte Wrede fest. »Wir hoffen, dass bald Kollegen von Frau Jorgensen mit ihrer Tasche in der Klinik eintreffen. Ich informiere Sie.«

»Das Baby sieht gut aus«, urteilte Doktor Jäger und wischte seiner bewusstlosen Patientin das

Gel vom Bauch.

»Der Größe des Babys nach schätze ich die Schwangerschaft auf Ende vierten Monat. Wenn es laut Mutterpass bislang keine Komplikationen gab haben Sie von meiner Seite aus grünes Licht. Wir sollen dennoch regelmäßige Kontrollen machen, um zu sehen, dass es dem Fötus weiter gut geht.«

»Natürlich.« Erleichtert, dass erst einmal keine weiteren Probleme ans Licht gekommen waren, wandte sich Doktor Wrede zum Gehen, da kam ihm einer seiner Assistenzärzte über den Flur entgegen gelaufen. »Die Kollegen von Frau Jorgensen sind da und sie haben auch ihren Rucksack dabei«, rief er.

Im Wartebereich vor der Intensivstation saß eine Gruppe aus zwei jungen Männern und einer Frau, die einen pinken Rucksack umklammert hielt.

»Moin. Sind Sie wegen Frau Jorgensen hier?«, wollte Doktor Wrede ohne Umschweife wissen, Doktor Jäger hielt sich erst einmal im Hintergrund. Er wollte eigentlich nur wissen, ob der Mutterpass im Rucksack war und wenn ja einen Blick darauf werfen.

»Wir sind Kollegen«, stellte der größere der beiden Männer fest und strich sich die dunklen Locken mit einer hektischen Bewegung aus der

Stirn. »Was ist denn mit Nicki? Warum ist sie einfach so zusammengeklappt?«

»Wissen Sie zufällig, ob Frau Jorgensen ihren Mutterpass im Rucksack hat?«, meldete sich Doktor Jäger kurz zu Wort und bekam daraufhin nur den pinken Rucksack ausgehändigt.

»Nicki war eigentlich wie immer«, berichtete der zweite Mann, der eine neongrüne Trainingsjacke trug und nervös an seiner Unterlippe kaute. »Bis sie dann nach dem ersten Tanz auf der Seitenbühne ohne Vorwarnung umgekippt ist.«

»Es gab also keine Anzeichen?«, vergewisserte sich Oliver Wrede, obwohl sich diese Aussage exakt mit den Informationen vom Notarzt deckte.

Verneinend schüttelten alle Drei mit den Köpfen.

»Ist Ihnen an Ihrer Kollegin in den letzten Tagen irgendetwas aufgefallen? War sie anders als sonst? Krankheiten … irgendetwas?«, stocherte der Chirurg weiter im Nebel, während Doktor Jäger inzwischen fündig geworden war und im Mutterpass blätterte.

»Na ja, sie war etwas schlapp, aber das schon seit Wochen«, übernahm wieder der Lockenschopf. »Aber sie hat das auf ihre Schwangerschaft geschoben.«

»Nicki ist schwanger?!« Seine beiden Kollegen rissen überrascht die Augen auf, nachdem sie bei der Frage von Doktor Jäger vorhin kaum zugehört hatten.

»Und sie hatte in den letzten beiden Wochen eine Erkältung«, fiel der Frau nach einigem Nachdenken noch ein, doch die Überraschung über die Nachricht von der Schwangerschaft stand ihr ins Gesicht geschrieben.

»Aber sie hat ganz normal mitgetanzt. Es ging ihr gut, hat sie immer betont.«

Eine Erkältung. Wrede runzelte die Stirn, während die Drei vor ihm in eine hitzige Debatte führten, wer wann von Nicole Jorgensens Schwangerschaft erfahren hatte. Eine verschleppte Infektion könnte sehr wohl für den Zustand der jungen Frau verantwortlich sein.

»Vielen Dank, Sie haben mir sehr weiter geholfen.« Wrede stand wieder auf und richtete seinen Kittel. Er war schon halb am Gehen, als ihm noch etwas einfiel.

»Gibt es Angehörige, die wir erreichen können? Eltern, Lebensgefährte ...?«

»Ich kann ihre Eltern anrufen«, meinte der Mann mit den schwarzen Locken und stand ebenfalls auf.

»Und es gibt da einen Lebensgefährten, aber da weiß ich im Moment selbst nicht, wo er ist. Er spielt gerade auf einer Tourproduktion ...«

»Danke.« Wrede gab ihm noch seine Karte, damit sich auch die Angehörigen bei ihm melden konnten, und kehrte mit Doktor Jäger in den Funktionsbereich zurück.

»Scheinbar ist die Schwangerschaft bislang tatsächlich unkompliziert verlaufen«, stellte Doktor Jäger fest und legte den Mutterpass im Arztzimmer in Nicole Jorgensens Krankenakte.

»Aber es bleibt abzuwarten, wie sich die Schwangerschaft in Kombination mit der Herzmuskelentzündung entwickelt.«

Kapitel 2

»Und? Was sagt der Arzt?« Musicaldarstellerin Ariana Weller holte die Weinflasche aus dem Minikühlschrank ihres Hotelzimmers und reichte sie ihrem Kollegen Christian Rückert, der es sich bis dato auf dem Sofa gemütlich gemacht hatte.

Schmunzelnd klappte er sein Taschenmesser auf und begann den Korken mit dem richtigen Werkzeug zu bearbeiten.

»Ich darf wieder angreifen und bin die lästige Schiene endlich los«, berichtete er erleichtert.

»Ich soll in den nächsten Tagen noch langsam machen, aber eigentlich sollte es keine Probleme mehr mit den Bändern geben.«

»Solange du nicht wieder so blöd eine dunkle Treppe hinter einer Bühne herunterfällst«, stichelte Ariana augenzwinkernd.

Mittlerweile konnte Christian zwar über sein Missgeschick lachen, aber insgeheim ärgerte er sich über sich selbst. Bei einem eigentlich harmlosen Solokonzert eines Kollegen hatte er backstage nicht aufgepasst, eine Stufe übersehen und war unglücklich umgeknickt. Das Resultat war ein gerissenes Außenband am Knöchel und eine sechswöchige Zwangspause von der Bühne. Nicht auftreten zu dürfen hatte den Musicaldarsteller mit den leicht gelockten dunkelbraunen Haaren und den intensiven grünen Augen sogar noch mehr genervt als seine Verletzung an sich.

»Das ist mir einmal in meiner gesamten Laufbahn passiert«, wehrte er sich kichernd und zog den Korken mit einem lauten *Plopp* aus der Flasche. Ariana hielt ihm zwei Weingläser hin.

»Okay das heißt, dann spielen wir ab morgen wieder zusammen?« Ariana prostete ihm augenzwinkernd zu. »Ich freue mich, wenn ich mal wieder ein frisches Gesicht verführen darf.«

Christian trank einen großen Schluck Weißwein aus seinem Glas und lehnte sich lächelnd auf dem Sofa zurück.

»Tust du das nicht schon im Privaten?« Er musterte seine hübsche Kollegin wohlwollend.

Die blonden, fast hüftlangen Haare, die ihr im Schein der Stehlampe ein engelsgleiches Aussehen verliehen. Dazu schöne blaue Augen, in denen sich Christian gerade wieder verlor. Allerdings beeinflusste der Alkohol sein Urteilsvermögen auch entsprechend.

»Das wäre möglich«, kicherte Ariana und klopfte neben sich auf die Matratze.

»Na komm schon her.«
Sie leerte ihr Weinglas in einem Zug und stellte es auf den Beistelltisch.

Das ließ sich Christian nicht zweimal sagen. Davon abgesehen wusste er sehr genau, worauf seine Kollegin hinauswollte – schließlich passierte diese Szene nicht zum ersten Mal auf dieser Tour, wenn die Einsamkeit zu groß wurde. Einen Moment später berührten sich ihre Lippen zunächst schüchtern, doch rasch fielen die letzten Hemmungen. Ihre Zungen fochten einen leidenschaftlichen Kampf aus, während Christian seine zierliche Kollegin auf seinen Schoß zog und mit beiden Händen über ihren Rücken nach unten glitt. Genussvoll grub er seine Finger in Arianas durchtrainierten Hintern und stöhnte auf, als sie sich an seiner Mitte rieb. Lange würde er sich nicht mehr beherrschen können und wollte es auch nicht. Grob zerrte er Ariana das T-Shirt über den Kopf.

Keuchend ließ sich Christian neben Ariana auf das zerwühlte Bett fallen. Sein Atem beruhigte sich langsam wieder.
»Na?« Schmunzelnd strich sie über seine nackte Brust.
Christian wandte ihr den Kopf zu und lächelte gedankenverloren. Die körperliche Nähe hatte ihm gut getan, aber sie konnte die Sehnsucht

nach einer anderen Person nicht mildern. Was tat er hier eigentlich? Lag mit einer anderen Frau im Bett obwohl er viel lieber … energisch schob er den Gedanken beiseite. Das führte zu nichts, sich darüber schon wieder den Kopf zu zerbrechen.

»Du vermisst Nicki, was?«, erriet Ariana seinen Gedankengang.

Unbekümmert schwang sie ihre langen Beine aus dem Bett und zog sich den Hotelbademantel an. Sie legte den Kopf schief und betrachtete ihren Kollegen nachdenklich.

»Wen sonst«, stellte Christian trocken fest und starrte zur Decke. »Was machen wir hier?«

»Du brauchst eine Definition für so was?« Ariana setzte sich wieder neben ihn auf die Bettkante. »Beim ersten Mal hätte ich dir das durchgehen lassen, aber langsam solltest du wirklich wissen, was wir hier veranstalten.« Sie küsste ihn auf die Wange.

Christian stützte sich auf die Unterarme. Er benutzte seine hübsche Kollegin, das wurde ihm in diesem Moment wieder einmal schmerzlich bewusst und ein Teil von ihm verabscheute und verurteilte dieses Verhalten zutiefst. Doch der andere Teil in ihm sehnte sich nach körperlicher Nähe, dem Sex. Und nachdem seine Freundin wie so oft in anderen Stadt arbeitete … Er schüttelte den Kopf. Wann genau hatte er sich in diesen Mann verwandelt?

Seufzend verließ auch Christian das Doppelbett und hob seine Kleidung vom Fußboden auf. Gerade als er den Gürtel schloss, klingelte sein Handy. Eine ihm unbekannte Rufnummer. Aus Hamburg. Schon wieder. Seit gestern Abend versuchte jemand aus Hamburg, ihn äußerst hartnäckig zu erreichen, doch wenn Christian zurückrief, ging der Anrufer nicht ans Telefon. Hoffentlich klappte das jetzt.

»Da muss ich rangehen«, entschuldigte er sich stirnrunzelnd.

»Rückert?«, meldete er sich knapp und gab Ariana noch ein Küsschen auf die Wange, eher er deren Doppelzimmer mit dem Handy am Ohr verließ. Eigentlich war er dem Anrufer sogar dankbar, dass er ihm zumindest für den Moment weiteres Nachdenken zu seiner Affäre ersparte.

»Sind Sie der Lebensgefährte von Nicole Jorgensen?«, wollte der Mann ohne einleitende Worte wissen. Anhand seiner Stimme schätzte Christian ihn auf ein mittleres Alter zwischen vierzig und fünfzig.

»Das ist soweit richtig«, bestätigte Christian argwöhnisch und entriegelte seine Zimmertür mit der Schlüsselkarte.

»Aber warum rufen Sie mich an? Ist etwas passiert? Wer sind Sie überhaupt?«

»Mein Name ist Oliver Wrede und ich behandle

Frau Jorgensen seit gestern Abend«, informierte ihn der Anrufer. »Sie liegt auf der Intensivstation und ihr Zustand ist äußerst ernst.«

Überrascht ließ sich Christian aufs Sofa direkt neben dem Fenster sinken. »Was ist denn los? Wie geht es ihr?«

»Wir sind gerade noch bei der Diagnose, aber wie es aussieht, hat sich bei Ihrer Lebensgefährtin eine Herzmuskelentzündung entwickelt«, fuhr Doktor Wrede fort und räusperte sich. »Hatte Frau Jorgensen in letzter Zeit irgendwelche gesundheitlichen Probleme?«

Christian hatte ihm kaum zugehört, denn bei Herzmuskelentzündung hatte es in seinen Ohren zu rauschen begonnen.

Seit er Nicole kannte war sie kaum krank gewesen. Höchstens eine Erkältung, oder eine Verletzung vom Tanzen, mehr aber auch nicht.

Andererseits waren sie aus beruflichen Gründen häufig getrennt, sahen sich nur alle paar Wochen, wenn sie ihre freien Tage aufeinander abstimmen konnten. In letzter Zeit hatte aber auch das nur bedingt funktioniert, obwohl Christian nicht in den Spielbetrieb integriert gewesen war. Stattdessen hatten ihn lange Gesangsproben mit neuen Ensemble-Mitgliedern im Theater festgehalten und eine Reise zu Nicki unmöglich gemacht. Immer wenn sie frei gehabt hatte hatte er proben müssen und umgekehrt.

Und jetzt eine Herzmuskelentzündung?

Er war medizinisch nicht besonders bewandert – im Gegensatz zu seinen älteren Brüdern, von denen gleich zwei eine medizinische Karriere eingeschlagen hatten – aber für ihn hörte sich diese Erkrankung äußerst ernst an.

»Herr Rückert?«, drang die Stimme des Mediziners wieder zu Christian durch.

»Es tut mir leid, aber ich fürchte, ich kann Ihnen da gerade nicht weiterhelfen«, stammelte der Musicaldarsteller. Er musste erst einmal seine Gedanken sortieren.

»Ich bin in einer Woche beruflich in Hamburg.«

Er ließ das Handy sinken. Nicole. Für ihn gerade unvorstellbar, dass es ihr nicht gut gehen sollte. Was war da in den letzten Wochen passiert? Am Telefon und auch im Videochat hatte alles so normal auf ihn gewirkt. Was hatte er übersehen?

Kapitel 3

»Kommen wir zu Nicole Jorgensen.« Oliver Wrede rief die Eckdaten seiner neuesten Patientin auf dem großen Bildschirm im Besprechungszimmer auf und sah in die Gesichter seiner Kollegen. Seit nunmehr zwei Tagen lag die junge Frau auf der Intensivstation im künstlichen Tiefschlaf.

Doktor Jäger von der Gynäkologie meldete sich als Erster zu Wort, nachdem Doktor Wrede mit seiner Einführung geendet hatte.

»Bisher verläuft die Schwangerschaft unauffällig, auch im Mutterpass sind keine Besonderheiten vermerkt. Aus meiner Sicht haben Sie freie Hand, was Ihre Maßnahmen angeht, ich würde jedoch engmaschige Kontrolluntersuchungen durchführen.«

Zufrieden nickte der Herzspezialist. Das war schon mal eine Baustelle weniger.

»Wir haben letzte Nacht den Perikarderguss punktiert, seither verbessert sich die Herzfunktion deutlich. Ich habe für heute Nachmittag eine weitere MRT-Untersuchung angeordnet«, fuhr

Doktor Maier, der Oberarzt, fort.

»Wir haben ebenfalls angefangen, die Dosis des Narkosemittels zu reduzieren. Wir konnten bereits auf Eigenatmung umstellen, die Sauerstoffsättigung ist im Normbereich.«

Doktor Wrede wanderte vor dem großen Monitor auf und ab.

»Das ist schon mal eine gute Nachricht. Dann sollte Frau Jorgensen vermutlich heute noch zu Bewusstsein kommen. Wie sieht es mit den Blutwerten aus? Hat die schon jemand angesehen?«

Einer der Assistenzärzte nickte. »Die medikamentöse Therapie zeigt Wirkung.«

»Dafür bestehen weiterhin Herzrhythmusstörungen«, warf der zweite Assistenzarzt mit besorgtem Unterton ein, Doktor Maier nickte bestätigend. Er hätte dieses Thema jetzt auch angesprochen.

»Das heißt, wir sollten uns mit Frau Jorgensen über einen internen Defibrillator unterhalten, sobald sie wieder ansprechbar ist«, schloss Oliver Wrede aus den Worten seiner Kollegen und fischte sein klingelndes Diensthandy aus der Tasche. Sein nächster Patient wartete im OP auf ihn.

»Halten Sie mich auf dem Laufenden und informieren mich, sobald Frau Jorgensen ansprechbar ist«, meinte Doktor Wrede beim Verlassen des

Besprechungszimmers und eilte in Richtung des OP-Bereichs, der sich direkt an die Intensivstation anschloss.

Es war bereits später Nachmittag, als Doktor Wrede das Patientenzimmer von Nicole Jorgensen betrat. Laut seiner Assistenzärzten war die junge Frau inzwischen wach, aber noch mit der Gesamtsituation überfordert.

»Moin«, grüßte Wrede und schloss die Tür hinter sich. »Wie geht es Ihnen, Frau Jorgensen?«

Seine Patientin musterte ihn fragend, ihr Blick irrte durch den Raum.

»Wo bin ich? Was ist passiert? Warum …?«

Tränen traten ihr in die Augen, im gleichen Moment begann der Monitor neben ihrem Bett zu piepen.

»Beruhigen Sie sich bitte.« Der erfahrene Arzt erlebte diese Situation nicht zum ersten Mal, deswegen reagierte er relativ gelassen.

»Ich werde Ihre Fragen der Reihe nach beantworten, aber für den Moment ist es sehr wichtig, dass Sie sich nicht aufregen.«

Nicole Jorgensen nickte, dann wanderte ihre Hand reflexartig auf ihren Bauch.

»Was ist mit meinem Baby?«, wollte sie mit eindringlichem Blick wissen.

Oliver Wrede wunderte sich über diese Nachfrage nicht – bei werdenden Müttern hatte er gerade in der Notfallmedizin häufiger erlebt, dass sie sich erst beruhigen ließen, wenn sie wussten, dass es ihrem Ungeborenen gut ging.

»Unser Gynäkologe hat direkt nach Ihrer Einlieferung eine Ultraschalluntersuchung vorgenommen und hat uns versichert, dass mit Ihrem Kind alles in Ordnung ist. Wir werden regelmäßig weitere Untersuchungen durchführen, damit wir schon auf kleine Veränderungen rechtzeitig reagieren können. Sie müssen sich also um Ihr Baby keine Sorgen machen«, bemühte er sich um Zuversicht.

Ein kleines Lächeln zeigte sich in Nicole Jorgensens Mundwinkeln, sie sah auf ihren flachen, trainierten Bauch.

»Was ist passiert? Warum bin ich hier? Wo bin ich eigentlich?«, stammelte sie verwirrt.

Doktor Wrede setzte sich auf den Stuhl neben das Krankenbett und begann, seiner Patientin einen Kurzüberblick über die Ereignisse der letzten Tage zu geben.

»… deswegen müssen Sie auch bis auf weiteres strikte Bettruhe halten«, schloss er seinen Bericht. »Wenn Ihr Zustand weiterhin stabil bleibt, können wir Sie aber schon in den nächsten Tagen von der Intensivstation auf die Herzstation verlegen.«

Nicole Jorgensen runzelte die Stirn.

»Und was heißt das? Ich meine, ich habe jetzt …

eine Herzmuskelentzündung … aber, was …?« Sie wirkte reichlich verloren.

»Ihr Herz ist deutlich vergrößert, dazu kommen Vernarbungen im Herzmuskel. Das sind erste Anzeichen dafür, dass Ihr Herz dauerhaft geschädigt worden ist«, erklärte der Herzspezialist mit sorgenvollem Unterton.

»Das werden wir aber in der nächsten Zeit beobachten und versuchen, mit Medikamenten zu kompensieren.«

»Und wann darf ich wieder tanzen?«

Dunkel erinnerte sich Wrede an das Übergabegespräch mit dem Notarzt, der von einem Zusammenbruch während einer Tanzaufführung gesprochen hatte.

»Das lässt sich jetzt noch nicht absehen«, stellte er ernst fest. »Erst einmal muss sich Ihr Herz erholen.«

Wie schon bei der Besprechung mit seinen Kollegen unterbrach ihn das Diensttelefon in einem ungünstigen Moment und dennoch musste er das Gespräch annehmen.

Mit einem entschuldigenden Lächeln entfernte er sich ein paar Schritte von seiner Patientin und lauschte einem unerfahrenen Anfänger aus der Notaufnahme, der mit einem Notfallpatienten überfordert war.

Seufzend versprach Wrede, sich gleich auf den Weg zu machen.

Auch eine gute Stunde nach ihrem Gespräch mit Doktor Wrede konnte Nicole Jorgensen immer noch nicht recht glauben, was sie gerade alles erfahren hatte.

Herzmuskelentzündung.

Strikte Bettruhe.

Tanzverbot.

Herzschädigung.

Immer wieder schossen ihr diese Schlüsselworte durch den Kopf. Was das alles für ihr weiteres Leben bedeutete und wie lange sie hier im Krankenhaus liegen musste, war zumindest für sie noch lange nicht abzusehen.

Auch Doktor Wrede schien noch keine Prognose abgeben zu wollen, denn auf ihre Nachfragen war er stets ausgewichen.

Wenigstens mit dem Baby war alles in Ordnung.

Ein schwacher Trost.

Und doch war Nicole unendlich dankbar dafür, dass dem kleinen Menschlein unter ihrem Herzen offensichtlich nichts passiert war.

Seit sie von ihrer Schwangerschaft erfahren hatte konnte sie sich gar nicht vorstellen wie es wäre, wenn dem Ungeborenen irgendetwas zustoßen sollte. Sie liebte ihr Baby, obwohl sie von ihm noch nicht mehr als ein winziges Flattern spürte.

»Hier, bitte.« Die Pflegerin von der Spätrunde huschte mit einem Lächeln ins Zimmer und reichte Nicole das mobile Festnetztelefon aus dem

Stationszimmer. »Ich komme dann in einer Viertelstunde noch einmal zu Ihnen.«

Dankbar nickte die junge Frau und wählte auswendig die Handynummer von Christian Rückert, ihrem langjährigen Freund. Ob er schon von ihrem Zusammenbruch erfahren hatte? Normalerweise war auf den Flurfunk in der Theaterwelt Verlass gerade wenn es um derartige Ereignisse ging. Schließlich brach nicht alle Tage jemand auf oder hinter der Bühne zusammen.

»Rückert?«, meldete sich Christian nach kurzem Klingeln schroff, eine Tür knallte bei ihm im Hintergrund.

»Ich bins«, brachte Nicole noch hervor, dann brach sie in Tränen aus. Christians Stimme berührte sie, ließ die Sehnsucht nach ihm übermächtig werden. Normalerweise kam sie mit der berufsbedingten räumlichen Trennung gut klar, aber jetzt war ihr einfach nur danach, sich in Christians Arme zu kuscheln und seine Nähe zu spüren.

Auch am anderen Ende der Leitung blieb es lange still, auch Christian kämpfte mit sich.

»Wie gehts dir denn«, wollte er mit belegter Stimme wissen, doch Nicole konnte nicht antworten.

Tränen strömten ihr über die Wangen, dann begann auch schon wieder der Monitor neben ihr zu piepsen.

Geräuschvoll zog Nicole die Nase hoch und wischte sich mit dem Ärmel des schrecklich gemusterten Krankenhaushemds über das Gesicht, um ihre Tränen zu trocknen.

»Frau Jorgensen?« Da war sie wieder, die Pflegerin.

»Was ist denn los?«, wollte sie behutsam wissen und drückte einen Knopf am Monitor.

Das Piepsen verstummte.

»Beruhigen Sie sich doch erst einmal«, schlug sie mit sanfter Stimme vor.

Kapitel 4

»Du bist gekommen.« Die großgewachsene Gestalt trat aus dem Schatten, seine langen Finger
um den Stab eines golden glänzenden Dreizacks
geschlungen. Der Kriegerhelm mit den beiden
Hörnern auf seinem Kopf ließ erahnen, welche
Rolle die Gestalt einnahm.
Majestätisch schritt der Mann auf das große Bett
zu, auf dem sich eine dunkelhaarige Schönheit in
Lack und Leder räkelte. Das spärliche Outfit zeigte mehr als es verbarg und es weckte definitiv
die Begierde des Herrschers. Der lange, schwarze
Umhang berührte den Boden, das kunstvoll ver-
zierte Pentagramm auf seinem Rücken offenbar-
te seine wahre Rolle. Er war der Herrscher der
Unterwelt, der Dreizack das Symbol seiner
Macht.
»Ich gehöre nur dir.« Die dunkelhaarige Schönheit setzte sich auf und rutschte an die Bettkante. Ihr Mund verzog sich zu einem kleinen Lächeln.
»Mein Held. Du hast mich befreit und jetzt erlöse

mich.« Sie stand auf, kam auf den Teufel zu und strich mit ihren Händen über seine Brust. Ihre schlanken Finger suchten und fanden den Verschluss des schwarzen Umhangs, fast lautlos fiel der Stoff zu Boden.

»Nur der Gedanke an dich hat mich am Leben gehalten«, gestand der Herrscher der Unterwelt, warf seinen Dreizack auf das Bett und hob die Dämonin hoch. Endlich konnte er sich körperlich mit ihr vereinigen, sich seinem Verlangen hingeben. Während er sich mit der Schönheit auf dem Schoß aufs Bett sinken ließ, versank er mit ihr in einem leidenschaftlichen Kuss.

Das Orchester setzte zum großen Finale an, das Licht wurde gedimmt. Die Drehbühne beförderte das Bett schließlich außer Sicht vom Publikum.

Backstage herrschte reges Treiben, die Masken- und Kostümbildner wuselten zwischen den Musicaldarstellern hin und her, erneuerten das Make-Up, halfen beim Umziehen.

Der normale Wahnsinn während einer Musicalaufführung, von dem das Publikum nichts mitbekam oder besser nichts mitbekommen sollte. Manchmal ließen sich Pannen aber nur schwer verbergen.

Doch heute ging alles glatt und das Publikum applaudierte beim Szenenwechsel.

Der männliche Hauptdarsteller Christian Rückert

ließ sich von der Kostümbildnerin in einen neuen Teufels-Mantel helfen, auch sein Dreizack war wieder aufgetaucht. Hastig trank er mit dem Strohhalm einige Schlucke Wasser aus der Flasche, während die Maskenbildnerin schon dabei war, sein Bühnen-Make-Up nachzubessern.

Ein weiterer Theatermitarbeiter gab bereits den ersten Tänzern das Zeichen, dass sie für den Schlussapplaus zurück auf die Bühne laufen durften.

Wie bei den meisten Musicals war es auch hier üblich, dass nach der letzten Szene noch eine Art Medley gespielt wurde, bei dem alle Ensemblemitglieder und Hauptdarsteller gruppenweise auftraten.

Erst dann gab es den obligatorischen Schlussapplaus, bei dem alle zusammen auf der Bühne standen, um sich zu verbeugen.

Christian Rückert hatte etwas mehr Zeit als seine Kollegin der letzten Szene, denn er war als Hauptdarsteller erst bei den letzten Takten mit dabei.

»Fertig?«, fragte er, trank noch einen großen Schluck und ging dann auf Position seitlich an der Bühne, um gleich einsatzbereit zu sein.

Dann war es auch für ihn an der Zeit, sich den Lohn für fast drei Stunden Show abzuholen: den Applaus.

Wie sehr hatte er das vermisst.

Der Bänderriss am Sprunggelenk hatte ihn zu einer fast sechswöchigen Pause gezwungen, deswegen war Christian sehr froh, wieder auftreten zu dürfen. Vor allem, weil er in München bislang nur zwei Vorstellungen gespielt hatte.

»Das sah doch sehr gut aus«, freute sich Ariana Weller, die die Dämonin aus der finalen Szene gespielt hatte.
»Und ich hatte endlich mal wieder ein frisches Gesicht, das ich verführen konnte«, schmunzelte sie. »Was macht der Knöchel?«
Christian verlagerte sein Gewicht ein wenig aufs rechte Bein und bewegte den linken Knöchel vorsichtig.
»Es geht«, meinte er nachdenklich. »Aber es fühlt sich immer noch komisch an ohne die Schiene.«
Er legte seiner Kollegin den Arm um die Schultern und führte sie in Richtung der Garderoben. Er wollte einfach nur ins Hotel, den Feierabend genießen. Denn die lange Pause vom Musicalalltag hatte nicht nur Vorteile für ihn gehabt. Eine Vorstellung war nicht nur stimmlich fordernd, sondern auch körperlich sehr anstrengend. Er war noch nicht wieder hundertprozentig fit, die letzten drei Stunden hatten ihn ausgelaugt wie nach einem ausgiebigen Training im Fitnessstudio.

»Das glaube ich.« Lächelnd öffnete Ariana die Tür zu Christians Garderobe und ließ ihrem Kollegen den Vortritt.

»Toll, dass wir wieder zusammen spielen konnten.« Sie gab ihm einen sanften Kuss auf die Wange.

Christian seufzte. Er mochte und schätzte Ariana sehr – nicht nur für etwaige Bettgeschichten während der Tour. Aber sie war gleichzeitig so viel anders als Nicole, mit der er seit Jahren gemeinsam durchs Leben ging. Er vermisste seine Freundin, dazu kamen Sorgen um ihren gesundheitlichen Zustand.

»Was hast du denn?« Ariana kannte ihn inzwischen gut genug und runzelte die Stirn. »Hat es etwas mit dem komischen Anruf aus Hamburg zu tun?«

Sie hatte ihn durchschaut. Wie schon so oft.

Stumm löste Christian den Verschluss des bodenlangen Umhangs und ließ ihn auf das kleine Sofa seiner Garderobe fallen. Später würde sich eine Kostümbildnerin um die Kleidungsstücke kümmern, damit er morgen als Teufel wieder vorzeigbar aussah.

»Der erste Anruf kam von einem Arzt aus der Hamburger Uniklinik«, begann Christian schließlich stockend und streifte sich die bunt schimmernden Ringe von den Fingern, die einen starken Kontrast zu seinem rein schwarzen Kostüm bildeten.

»Gestern hat mich dann endlich auch Nicole angerufen, nachdem sie vorher nicht auf meine Nachrichten reagiert hat.«

Er sah sie im Spiegel an und zog dann sein Kostümoberteil aus. Nach all den Jahren in diesem Beruf hatte er keine Hemmungen mehr, sich vor Kollegen umzuziehen – schließlich musste er das während einer Vorstellung hinter der Bühne ja auch. Da blieb kein Raum für persönliche Befindlichkeiten.

»Hatte Nicki einen Unfall?« Auch Ariana kannte Christians Freundin nicht erst seit gestern, hatte schon mit ihr gemeinsam auf einer Bühne gestanden.

Müde schüttelte Christian den Kopf.

»Ich weiß ehrlich gesagt nicht genau, wie es ihr geht. Der Arzt hat irgendwas von einer Entzündung am Herzen erzählt und klang ganz schön ernst.«

Ariana war eine ganze Weile lang stumm geblieben, deswegen zog sich Christian erst einmal fertig um und wischte sich dann das Bühnen-Make-Up vom Gesicht. Seine Haare brachte er noch etwas in Ordnung, dann war er fertig für den Heimweg.

»Hast du mal mit Mathias gesprochen, ob du früher nach Hamburg fliegen darfst?«, wollte

Ariana schließlich wissen.

Natürlich. Das war Christians erster Impuls gewesen. Doch der Abendspielleiter hatte ihm klar zu verstehen gegeben, dass es nach seiner langen Verletzungspause keine Diskussionen mehr um seine Termine in München geben würde.

In fünf Tagen würde er ohnehin nach Hamburg fliegen, so die Argumentation von Mathias Francke.

Zähneknirschend hatte Christian diese Ansage hingenommen, doch innerlich zerriss es ihn. Am liebsten hätte er sofort seine Sachen gepackt und wäre auf dem schnellsten Weg zu Nicole gereist. Um ihr beizustehen. Einfach für sie da zu sein. Und sich mit eigenen Augen ein Bild von der Situation zu machen.

»Was meinst du, mit wem ich mich heute deswegen lange auseinandergesetzt habe?«, seufzte Christian und stopfte seine persönlichen Sachen in den Rucksack.

»Er sagt, ich bin lange genug ausgefallen und habe zumindest für die letzten sechs Vorstellungen auf der Bühne zu stehen.«

»Das ist ja Mist«, stimmte Ariana ihm zu und wandte sich dann unentschlossen zum Gehen. »Ich muss mich noch umziehen ... aber wenn du magst oder ein offenes Ohr brauchst ... du weißt, wo du mich findest.« Sie gab ihm einen sanften Kuss auf die Wange.

Während Ariana zu ihrer eigenen Garderobe lief, um ihre Rolle als aufständische Dämonin zumindest für den Abend abzulegen, stapfte Christian bereits hinunter ins Erdgeschoss, um sich den Fans am Bühnenausgang zu stellen.

Wie immer strebten mehr oder weniger – überwiegend weibliche – Fans zur so genannten Stage Door, um Autogramme und Fotos mit den Musicaldarstellern zu ergattern.

Normalerweise freute sich Christian auf diese Begegnungen, doch heute war er zu sehr mit Nicole und den Nachrichten aus Hamburg beschäftigt, sodass er ohne ein Wort den Weg ins Hotel anstrebte.

Kapitel 5

Nicole Jorgensen hatte sich die Decke bis unters Kinn hochgezogen und dennoch fror sie. Wie schon in den letzten Tagen hatte sie eiskalte Hände und Füße, dazu war sie einfach nur unendlich müde.

Bislang hatte Doktor Wrede diese Beschwerden als typische Symptome ihrer Herzerkrankung erklärt, aber Nicole war sich nicht ganz sicher.

Vor allem machte sie sich Sorgen, ob sich ihr Herzproblem nicht doch negativ auf das Baby auswirken würde.

»So, Frau Jorgensen!« Assistenzarzt Jochen Gruber betrat ihr Krankenzimmer auf der Herzstation mit ihrer Krankenakte in der Hand. »Ich soll Sie zum MRT bringen und Ihre Untersuchung begleiten.«

Matt zuckte die Tänzerin mit den Schultern. Eigentlich war ihr alles egal, solange sie ans Bett gefesselt war. Den ganzen Tag nur liegen, das war nichts für die lebensfrohe junge Frau, deren Leben bislang eigentlich zum Großteil aus Tanzen und Bewegung bestanden hatte. Für sie waren Tanz und Musik ihr Lebenselixier.

»Schadet so eine Untersuchung nicht meinem Baby?«, wollte Nicole nachdenklich wissen, als der Assistenzarzt ihr Bett ruckelnd in den Aufzug schob. Sie musterte den jungen Arzt neben sich unverhohlen.

»Das MRT?« Doktor Gruber zuckte gleichgültig mit den Schultern und zog sein Handy aus der Kitteltasche.

»Wenn es für Ihr Kind gefährlich wäre, hätte Doktor Wrede wohl kaum ein MRT angeordnet«, stellte er wenig einfühlsam fest ohne seiner Patientin eines Blickes zu würdigen.

Seine Art versetzte Nicole einen Stich, deswegen wandte sie den Kopf ab und schloss die Augen. War sie für den jungen Arzt überhaupt mehr als nur eine Fallnummer?

Hatte er überhaupt ein Interesse daran, ihre Fragen zu beantworten und ihr das Gefühl zu geben, dass sie gut aufgehoben war?

Sie wusste es nicht.

Weitere Fragen lagen ihr auf der Zunge, doch sie schwieg. Noch einmal wollte sie von Doktor Gruber nicht so angegangen werden.

Grob bugsierte der Assistenzarzt das Bett aus dem Aufzug, schob es lustlos den langen Flur entlang zur Radiologie und ließ sie einfach wortlos stehen.

»Ich hab hier was zu tun für euch!«, rief Gruber in einen benachbarten Raum und verschwand aus Nicoles Blickfeld.

Da war es wieder, dieses komische Gefühl, für den Mediziner nur eine Fallnummer zu sein. Kein Mensch, nur eine Nummer.

Sie schluckte, doch der dicke Kloß im Hals blieb.

»Frau Jorgensen?« Eine sanfte Frauenstimme riss Nicole aus ihren Gedanken.

»Hallo, ich bin Schwester Doris und werde Sie jetzt auf die Untersuchung vorbereiten. Haben Sie noch Fragen?«, wollte sie fürsorglich wissen.

»Schadet so ein MRT nicht meinem Baby?«, wollte Nicole unsicher wissen. Vielleicht hatte sie jetzt mehr Glück als vorhin bei Doktor Gruber.

Schwester Doris schob Nicoles Bett in den Untersuchungsraum und entfernte dann die Kabel des Überwachungsmonitors.

»Darum müssen Sie sich wirklich keine Sorgen machen«, versicherte sie und half Nicole vom Bett auf die schmale MRT-Liege. »Hier sind Sie keinen schädlichen Strahlungen wie zum Beispiel Röntgenstrahlungen ausgesetzt.«

Nicole nickte zitternd. Schon wieder war ihr kalt.

Die Pflegerin bereitete zunächst alles für die Untersuchung vor, dann deckte sie Nicole sorgfältig zu, setzte ihr Kopfhörer auf und drückte ihr den Notfallknopf in die rechte Hand.

Einen Moment später setzte sich die Liege sanft in Bewegung und die Pflegerin verschwand aus Nicoles Blickfeld.

Doch sie war schon wieder so müde, dass ihr einfach die Augen zufielen und sie in einen traumlosen Schlaf abdriftete.

Wie Nicole vom MRT zurück in ihr Bett und von der Radiologie zurück auf Station gekommen war wusste sie rückblickend nicht.

Ihr fehlte ein ganzes Stück Erinnerung, aber das störte sie zunächst nicht weiter. Ihre körperliche Schwäche machte sie gerade auch mental gleichgültig. Sie verschlief ohnehin einen Großteil des Tages, was sollte sie sich über kleinere Erinnerungslücken nach Untersuchungen aufregen?

Sie hoffte nur sehr, dass Christian in gut zwei Tagen endlich zu ihr in die Klinik kommen und sie auf andere Gedanken bringen würde.

Müde wälzte sie sich auf die Seite und starrte aus dem Fenster. Draußen schien die Sonne, es wurde langsam wieder richtig warm. Normalerweise wäre sie jetzt in jeder freien Minute draußen beim Laufen, Skaten oder mit Freunden am Hafen unterwegs.

Seit gut einem Jahr lebte Nicole nun aufgrund ihres Engagements am Operettenhaus in Hamburg und hatte im letzten Sommer in der Hafencity mehrere Lieblingsplätze entdeckt, die sie regelmäßig aufsuchte und sich die Seeluft um die Nase wehen ließ.

Wie es Christian im Moment wohl ging? Noch vier Vorstellungen hatte er in München zu spielen, dann würde er ebenfalls nach Hamburg kommen. Zumindest für zwei Monate, dann ging es für ihn nahtlos weiter nach Wien für Proben zu *Das Tor zur Hölle*.

Im Moment wäre Nicole schon froh, wenn sie mit ihm zusammen nach Österreich reisen durfte. Doktor Wrede war äußerst streng mit seinen Verboten und wenn Nicole ehrlich war, hatten sie auch ihre Berechtigung.

Verstimmt zerknautschte sie das Kopfkissen und griff schließlich nach ihrem Handy. Christian war im Theater, ihn konnte sie jetzt schlecht anrufen. Ihre Eltern machten gerade Urlaub in Indonesien und hatten noch nicht auf ihre Nachrichten reagiert.

Wer blieb dann noch?

Christians Bruder Andreas?

Allein der Gedanke an ihn verursachte bei Nicole ein schlechtes Gewissen.

Nach dem Abendessen war Ruhe auf Station eingekehrt, die Schwester aus der Spätschicht hatte noch einmal ihre Werte kontrolliert, aber dann war Nicole wieder allein.

Inzwischen war sie zwar etwas wacher als am

Nachmittag, dafür hatte sie aber rein überhaupt nichts zu tun. Im Fernsehen kam in ihren Augen nur Blödsinn, das hatte sie sich schon am Vorabend angetan. Handyspiele hatte sie auch zur Genüge gespielt. Was ihr fehlte waren Gespräche, menschliche Nähe.

Seufzend und ohne noch einmal darüber nachzudenken wählte Nicole schließlich doch die Handynummer von Christians ältesten Bruder Andreas. Vielleicht konnte er ihr zumindest ein offenes Ohr schenken.

Das Freizeichen ertönte lange, dann nahm Andreas das Gespräch doch noch an. Er klang sehr gut gelaunt, war den Hintergrundgeräuschen nach auch nicht alleine. Aber was hatte Nicole auch von einem Freitagabend erwartet? Das Leben um sie herum ging weiter. Und Andreas war kein Kind von Traurigkeit, das hatte sie selbst kennengelernt.

»Hey«, rief der plastische Chirurg beinahe übermütig und entfernte sich etwas von seinem lauten Umfeld. »Müsstest du nicht auf der Bühne stehen, kleine Tanzmaus?«

Augenblicklich schoss Nicole die Röte ins Gesicht. Tanzmaus. Nur er nannte sie so.

»Nicki?«

Erst jetzt wurde Nicole ihr Schweigen so recht bewusst.

»Ich tanze im Moment nicht«, murmelte sie.

Zum ersten Mal sprach sie die bittere Realität aus, die ihr Doktor Wrede seit fast einer Woche versuchte, schonend beizubringen.

»Und ich weiß nicht, ob ich nochmal auf die Bühne darf um zu tanzen.«

Verwirrt schwieg Andreas.

»Wie meinst du das?«, wollte er nach langer Pause wissen. »Was ist denn los?«

Kapitel 6

»Kannst du mir irgendetwas zu Herzmuskelentzündungen erzählen, das mich nicht völlig krank
vor Sorge werden lässt?«, wollte Christian
Rückert von seinem älteren Bruder Alexander
wissen. Sie waren vier Brüder, die ältesten von
ihnen – Andreas und Alexander – hatten beide
Medizin studiert, Jens war Polizist geworden und
Christian als Jüngster hatte einen künstlerischen
Beruf ergriffen. Und wenn er sich die glücklichen
Beziehungen von Alexander und Jens so ansah,
hegte er seine leisen Zweifel, ob er nicht doch
einen gutbürgerlichen Beruf hätte ergreifen sol-
len anstelle des rastlosen Lebens aus dem Koffer,
das er gerade führte.
Alexander Rückert – der gemeinsam mit seiner
Frau eine Hausarztpraxis in Erlangen führte –
seufzte und blieb dann lange stumm.
»Um wen geht es?«, wollte er nach langem
Nachdenken wissen.
Christian klemmte sich das Handy zwischen Kopf
und Schulter und begann wieder, nebenbei seine

Sachen zu packen.

Sein letzter Tag in München, morgen in der Früh ging sein Flieger nach Hamburg. Nach der Vorstellung war noch eine kleine Abschiedsfeier geplant, deswegen wollte Christian sein Gepäck schon so weit wie möglich vorbereitet haben.

»Nicki«, meinte er mit sorgenvollem Unterton. »Sie liegt seit einer Woche in Hamburg in der Uniklinik, war sogar ein paar Tage auf der Intensivstation.«

Er ließ sich aufs Bett fallen und raufte sich die Haare.

»Und das was ich im Internet über Herzmuskelentzündungen gelesen habe, lässt mich kaum schlafen vor Angst um Nicki.«

»Nachvollziehbar«, bemerkte Alexander nachdenklich. »Ich kann dir aber auch nur sagen, dass eine Herzmuskelentzündung eine ernste Erkrankung ist, die zwar oft ohne bleibende Schäden abheilt, aber in ungünstigen Fällen bis zu einer Herztransplantation führt.«

»Ein Spenderherz?!« Ruckartig richtete sich Christian wieder auf.

»In welchen Fällen? Wie oft? Gibt es da keine Alternativen?!«

Unruhig wanderte er in seinem Zimmer auf und ab. Eigentlich hatte er gehofft, dass ihm Alexander seine Sorgen ein Stück weit nehmen könnte. Doch jetzt drehte sich das Gedankenkarussell in seinem Kopf nur noch schneller.

»So weit sollten wir im Moment aber nicht denken«, beeilte sich Alexander zu sagen.

»Und vor allem solltest du das mit Nicki und ihrem Arzt besprechen. Ich als Hausarzt habe da nicht die große Erfahrung, dazu kenne ich keine medizinischen Fakten zu Nicoles Krankengeschichte.«

Christian nagte an seiner Unterlippe, dann bückte er sich nach einem kleinen Stapel Wäsche und stopfte ihn in den geöffneten Koffer neben sich. Langsam lichtete sich das Chaos in seinem Doppelzimmer, das für die letzten Wochen sein Zuhause gewesen war. »Morgen um diese Zeit weiß ich mehr«, seufzte Christian. »Aber diese Ungewissheit macht mich echt fertig.«

Er drehte sich um die eigene Achse auf der Suche nach weiterer Kleidung, die er in diesen Koffer packen wollte.

Die wenigen hundert Meter vom Hotel zum Deutschen Theater München reichten kaum aus, um Christians aufgewühltes Inneres zu beruhigen. Wie schon in den letzten Tagen beschäftigte ihn Nicoles Zustand sehr, dazu kam heute der Abschied von München. Letzte Vorstellungen waren immer etwas ganz Besonderes und vor allem: emotional.

Schon beim Betreten des Theaters spürte Christian das Gefühlschaos in seiner Brust überdeutlich. Heute würde er seine privaten Probleme nicht einfach verdrängen können. Stattdessen würde er sie in seine Rolle mit einflechten müssen, damit er den Herrscher der Unterwelt glaubhaft verkörpern konnte. Ein wirkungsvolles Instrument, aber leider kein Problemlöser.

Routiniert begann Christian mit dem üblichen Ablauf vor einer Vorstellung – der sich seit zwei Jahren kaum verändert hatte.

Einsingen, der Fightcall – hier wurden mit allen Darstellern die Kampfszenen noch einmal durchgespielt, damit sich jeder auf seine Mitstreiter einstellen konnte und es auf der Bühne zu keinen bösen Überraschungen kam – dann Maske und Kostüm.

»Na?« Ariana klopfte an seine halboffene Garderobentür und musterte ihn. »Schon was Neues von Nicki?«

Bekümmert seufzte Christian und streifte sich die punkvollen Ringe über die Finger, die selbst im diffusen Licht der Garderobe majestätisch funkelten.

»Ich hab vorhin mit ihr telefoniert«, berichtete er und hängte sich die lange Wappenkette um den Hals, die symbolisch für alle Zonen seiner Unterwelt stand, über die er in seiner Rolle herrschte. »Es scheint ihr den Umständen entsprechend zu gehen, aber sie muss strikt Bettruhe halten und das behagt ihr natürlich überhaupt nicht.«

Kritisch überprüfte er sein Äußeres im Spiegel und griff dann nach seinem Dreizack, der an den Schrank gelehnt auf seinen Einsatz wartete.

»Das ist ja Mist«, stellte Ariana kopfschüttelnd fest und folgte ihrem Kollegen in Richtung der Bühne.

Christian nickte und verzog das Gesicht.

»Lass uns jetzt aber auf die letzte Vorstellung konzentrieren«, meinte er knapp und ging schon zur Seitenbühne.

In fünf Minuten begann schließlich die Show und Christian nutzte die letzten Minuten gerne, sich im Stillen auf seine Rolle einzustimmen.

Vor allem heute würde er den Moment der Ruhe brauchen, um seine privaten Gefühle in sinnvolle Elemente seiner Rolle umzuwandeln.

Erschöpft ließ sich Christian auf das kleine Sofa in seiner Garderobe fallen und schloss kurz die Augen. Er hatte alles gegeben, sich die Seele aus dem Leib gesungen. So viel Gefühl und private Verzweiflung hatte er in seine Darbietung einfließen lassen, sodass auch spannende Momente mit seinen Kollegen entstanden waren. Vor allem die letzte Szene mit Ariana hatte sich heute noch einmal etwas anders entwickelt. Intensiver. Leidenschaftlicher.

Matt streifte sich der Hauptdarsteller den Umhang von den Schultern und löste sich das Mikrofon von der Stirn. Er wollte einfach nur ins Hotel, ein paar Stunden schlafen und dann weiter nach Hamburg zu Nicole. Am liebsten wäre er direkt nach dem Vorhang ins Flugzeug gestiegen.

Draußen auf dem Flur zog eine munter schwatzende Gruppe an seiner Tür vorbei, doch Christian hob nicht einmal den Kopf. Die ersten Kollegen machten sich schon auf den Weg zur Abschiedsfeier in der Kantine, auf die Christian gar keine Lust hatte, aber zumindest kurz würde er sich wohl zeigen müssen.

Unmotiviert zog sich Christian um, schminkte sich ab und sah sich noch einmal um, ob er noch irgendetwas hier vergessen hatte. Er packte alles in seinen Rucksack und schlurfte dann nach oben in die Kantine, wo den Geräuschen nach bereits die Cast – bestehend aus Ensemble und Hauptdarstellern – versammelt war.

Er setzte ein professionelles Lächeln auf und betrat den großen Aufenthaltsraum mit durchgedrücktem Rücken, um sich seine private Situation nicht anmerken zu lassen.

Teil 2: Spielzeit Hamburg
Mai bis Juli

Kapitel 7

Die Hansestadt empfing Christian mit Nieselregen und kaltem Wind, als er die zugige Haltestelle Kellinghusenstraße verließ und die wenigen Meter zu seiner neuen Unterkunft zurücklegte. Die Produktionsgesellschaft hatte für die Musicaldarsteller Appartements angemietet, doch Christian würde für die nächsten acht Wochen bei Nicole in der Wohnung leben. Eigentlich hätten sie so viel Zeit zusammen gehabt, aber jetzt musste Christian erst einmal sehen, wie es überhaupt weiterging. Eine gute Woche lang hatte er jetzt frei – so lange brauchte es, bis alle Kulissen und die aufwendige Bühnentechnik in die neue Spielstätte eingebaut waren.

Ächzend schleppte Christian seine beiden großen und den kleinen Koffer fürs Handgepäck in den zweiten Stock des Wohnkomplexes und kramte den Zweitschlüssel zu Nicoles Wohnung aus seiner Jackentasche, den sie ihm vor über einem Jahr anvertraut hatte.

Polternd bugsierte der Musicaldarsteller sein

Gepäck in den dunklen Flur der kleinen Wohnung, in der alles ganz nach Nicoles kreativer Ordnung aussah. Überall lagen Trainingsklamotten, Sportschuhe, Textbücher … Sogar die Küchenzeile sah so aus, als würde Nicole jeden Moment zurückkommen.

Ein Seufzen entfuhr Christian, als er einen Blick in den Kühlschrank warf. Einige Lebensmittel waren verdorben und verbreiteten einen unangenehmen Geruch, da würde er später auf jeden Fall noch ausmisten und putzen müssen.

Er sah sich noch kurz weiter um und griff dann wieder nach dem Schlüssel. Ihn zog es zu seiner Freundin ins Krankenhaus, er musste endlich mit eigenen Augen sehen, wie es ihr inzwischen ging.

Das Navigationsgerät im Handy brachte Christian in einem gut zwanzigminütigen Spaziergang zur Uniklinik, aber die Bewegung tat ihm nach dem Flug und der Warterei am Flughafen ganz gut. Es half ihm, ein Stück weit einen freien Kopf zu kriegen.

Mit äußerst gemischten Gefühlen betrat Christian schließlich die Uniklinik. Das große Foyer wirkte auf den ersten Blick recht offen und weitläufig und doch machte sich Beklemmung in Christian breit. Er hatte Angst um seine Freundin, auch wenn ihm die letzten Telefonate etwas Mut gemacht hatten.

Eine freundliche Mitarbeiterin an der Information schickte den nervösen Musicaldarsteller schließlich zu einer Station im vierten Stock.

Auf dem Weg dorthin schlug Christian das Herz bis zum Hals, seine Handflächen waren kalt und schwitzig. So ging es ihm äußerst selten, sogar bei Premierenvorstellungen war er wesentlich entspannter.

Endlich hatte Christian die richtige Zimmertür gefunden und betrat das Patientenzimmer mit klopfendem Herzen.

»Hey!« Nicole hatte ihn schon entdeckt und winkte von ihrem Bett am Fenster aus. »Endlich ein hübsches Gesicht, das ich so viel lieber sehe als die Ärzte hier.«

Liebevoll gab Christian ihr einen sanften Kuss erst auf die Stirn, dann auf ihre zarten Lippen.

Wie sehr hatte er sie vermisst.

Ihre Nähe, ihren Duft, ihr ganzes Wesen.

Vorsichtig setzte er sich auf die Bettkante und musterte seine langjährige Partnerin besorgt.

»Wie geht es dir? Was sagen die Ärzte?«, wollte er beunruhigt wissen. Nicole sah blasser aus als sonst, auch hatten ihre Lippen eine leicht bläuliche Färbung.

»Ich bin endlich weg von der Intensivstation«, berichtete Nicole und rutschte näher zu ihrem Freund. Seine Nähe beruhigte sie.

»Doktor Wrede hat heute nochmal eine ganze

Reihe an Bluttests und anderen Untersuchungen gemacht, die Ergebnisse bekomme ich morgen.« Sie seufzte.

»Dann sehen wir, ob die Therapie anschlägt.«

»Und wie lange musst du dann hier bleiben?« Christian ließ sich mit dem Oberkörper aufs Bett sinken und kuschelte sich an Nicole. Seine Finger glitten über ihre Oberarme.

»Wie geht es mit deiner Diagnose überhaupt weiter?«

»Es gibt in diesem Zusammenhang noch etwas, das du eigentlich wissen solltest«, ignorierte Nicole seine Nachfrage und griff nach seinen Händen.

Sie seufzte schwer.

»Ich wollte nicht, dass du es so erfährst und ... na ja, irgendwie hab ich auch den richtigen Zeitpunkt, den richtigen Moment verpasst, fürchte ich ...«

Sie küsste seine linke Hand und holte tief Luft.

»Ich bin schwanger, Christian.«

Schwanger. Diese Nachricht traf Christian unvorbereitet. Wie war das möglich? In ihm arbeitete es. Sie führten bereits seit Jahren eine offene Beziehung – wenn sie mal wieder beruflich getrennt von einander waren – und hatten stets auf Verhütung geachtet. Nicole nahm doch eigentlich die Pille ...

»Und du bist dir sicher, dass …?« Er starrte auf die weiße Bettdecke, drückte die Hand seiner Freundin.

»Dass du daran nicht unschuldig bist?«, erriet Nicole seinen Gedankengang. Auch sie hatte gelegentliche Bekanntschaften – genau wie Christian versuchte, seine Einsamkeit auf Tour mit Ariana etwas erträglich zu machen.

»Da bin ich mir verdammt sicher, Chris. Du weißt, dass ich im Falle des Falles doppelt verhüte. So gesehen kommst nur du als Vater infrage.« Sie schmiegte sich in seinen Arm und gähnte.

Stumm nickte Christian und gab seiner Freundin einen Kuss auf die Stirn. In seinem Kopf überschlugen sich die Gedanken, sodass er froh war, für den Moment über nichts reden zu müssen.

Augenscheinlich wurde er Vater.

Wie sollte das bloß werden?

Nicole war im Moment gesundheitlich sehr angeschlagen und sie beide wussten nicht, wie sich die Situation entwickeln würde.

Dazu zog es ihn in zwei Monaten weiter nach Wien, Nicole sollte eigentlich weiterhin in Hamburg auf der Bühne stehen.

Würde sie dann zu ihm nach Wien ziehen, bevor das Baby auf die Welt kam?

Wie ließ sich eine Familie dauerhaft mit seinem Job vereinbaren?

Würden sie beide langfristig auf die Bühne zurückkehren können – in der gleichen Stadt?

Schon jetzt war es verdammt schwierig, ihre Engagements aufeinander abzustimmen.

Mit einem zärtlichen Lächeln betrachtete Christian seine Freundin. Sie hatten noch Monate Zeit, sich über diese Fragen klar zu werden und wichtige Entscheidungen zu treffen. Er glaubte schon, dass sie das schaffen konnten. Mehr Sorge bereitete ihm Nicoles Herzerkrankung. Würde sie je wieder die Alte werden? Oder musste sie dauerhafte Einschränkungen hinnehmen?

Kapitel 8

Die Tage im Krankenhaus zogen an Nicole vorbei, mittlerweile hatte sie jedes Zeitgefühl verloren.
Zwischen den regelmäßigen Untersuchungen schlief sie meistens, bekam kaum etwas mit.
Ihr Highlight des Tages war jedoch Christians Besuch. Wenn sie sich an ihn kuscheln konnte. Wenn endlich jemanden zum Reden da war, denn noch immer lag sie alleine im Krankenzimmer.
Auch heute wartete Nicole nur auf Christian, der für gewöhnlich gegen zehn Uhr zu Besuch kam.
»Guten Morgen«, grüßte Christian schon in der Tür und schenkte ihr ein strahlendes Lächeln.
»Na? Wie war die Nacht?« Er durchschritt das Zimmer und gab seiner Freundin einen langen Kuss.
Rasch zog er seine dünne Jacke aus und setzte sich auf die Bettkante.
»Es geht«, meinte Nicole zurückhaltend.
»Doktor Wrede wollte um halb Elf zu einem Gespräch über den weiteren Verlauf kommen. Du

siehst so aus, als sollten dir auch dringend ein paar Fragen beantwortet werden.«

Christian deutete ein Nicken an. »Das wäre wohl nicht schlecht.«

Sein Blick ging kurz zu seiner Armbanduhr. Noch gut zwanzig Minuten, dann sollte Doktor Wrede bei ihnen sein.

»Und? Was gibt es Neues vom Theater?« Obwohl Nicole einen betont lockeren Tonfall anschlug war ihr die Nervosität deutlich anzumerken. Sie hatte Angst vor dem Gespräch mit ihrem behandelnden Arzt – bei Visite hatte sie ja nur einen kleinen Vorgeschmack auf die Gesprächsthemen bekommen.

»Na ja.« Christian verlagerte sein Gewicht etwas und stützte den Kopf auf die Handfläche.

»Wie es aussieht spinnt die Drehbühne, das könnte echt knapp werden für die ersten Proben am Montag. Aber recht viel mehr habe ich noch nicht gehört – ich treffe mich mit den anderen aber auch erst heute Abend zum Essen. Vielleicht kann ich dir morgen von weiteren Pannen berichten«, schmunzelte er. Bei allen Umzügen in eine neue Stadt war bisher etwas schief gegangen. Mal hatten die LKWs Verspätung gehabt, sodass sich der ganze Aufbau nach hinten verschoben hatte. Ein andermal hatte die Sprinkleranlage die halbe Bühne unter Wasser gesetzt. Irgendetwas war immer.

»Entschuldigen Sie die Verspätung.« Endlich betrat Oliver Wrede das Patientenzimmer mit Nicoles Krankenakte in der Hand.

Er sah gestresst aus, wie nicht nur Nicole auffiel.

Christian richtete sich wieder auf und setzte sich mit durchgedrücktem Rücken auf die Bettkante, Nicoles Hand fest in seiner.

Doktor Wrede dagegen zog einen Stuhl vom Tisch näher ans Bett und ließ sich darauf sinken.

»So, Frau Jorgensen. Herr Rückert.« Er reichte ihnen beiden die Hand.

»Wie sieht es aus?«, wollte Nicole tonlos wissen. Sie hielt diese Ungewissheit langsam nicht mehr aus. Immer bekam sie nur kleine Scheibchen der Wahrheit präsentiert, dazu merkte sie ja selbst, wie schlecht es ihr ging.

»Ihre Blutwerte werden besser, das bedeutet, dass die Medikamente endlich anschlagen. Das ist schon einmal eine gute Nachricht«, begann Doktor Wrede und sah zwischen den beiden hin und her.

»Das Problem ist allerdings, dass die Entzündung Ihr Herz offensichtlich stärker geschädigt hat als zunächst befürchtet. Auf dem Cardio-MRT ist nicht nur eine deutliche Vergrößerung des Herzens zu erkennen, sondern auch dass Narben entstanden sind.«

»Das klingt nicht gut«, stellte Nicole fest, doch mit seinen Worten konnte sie nicht wirklich etwas anfangen. »Aber was bedeutet das?«

»Eine Herzvergrößerung ist ein erstes Zeichen für eine beginnende Herzinsuffizienz. Ein Zeichen, dass die Entzündung den Herzmuskel geschädigt hat.« Doktor Wrede redete ganz offen, doch er konnte seine Besorgnis nicht verbergen.

»Dazu kommt, dass Ihr EKG noch immer Herzrhythmusstörungen aufzeigt.«

Christian runzelte die Stirn, das Herz pochte heftig in seiner Brust. Sein Mund war ganz trocken.

»Bis auf weiteres behalten wir Sie auf Station mit strikter Bettruhe, auch Aufregung sollten Sie weiterhin vermeiden«, fuhr Doktor Wrede fort.

Nicole musste die Worte ihres Arztes erst einmal auf sich wirken lassen. Auch in Christian arbeitete es, das sah sie an seinem Gesicht.

»Wie lange … wie lange werde ich hier bleiben müssen?«, wollte sie nach langem Schweigen wissen.

Wrede lehnte sich mit verschränkten Armen in seinem Stuhl zurück.

»Das lässt sich nicht auf den Tag genau festlegen«, tastete er sich voran.

»Aber Sie können sich darauf einstellen, dass Sie die nächsten Wochen hier verbringen müssen. Wenn die Therapie weiterhin anschlägt, dann können wir die Belastung stufenweise steigern. Wir müssen sehen, wie Ihr Körper darauf reagiert.«

Nicole biss sich auf die Lippe. Ihr behagte das ganz und gar nicht, aber im Moment wusste sie selbst, dass es keine Alternative gab. Sie fühlte sich schwach, war oft müde und hatte kaum Appetit.

»Wir schaffen das.« Christian gab ihr einen sanften Kuss auf die Schläfe. »Ich bin für dich da.«

»Das ist doch scheiße«, schniefte Nicole an Christians Brust, nachdem Doktor Wrede wieder gegangen war. »Warum ich? Warum muss es mir ausgerechnet jetzt so beschissen gehen?«

»Das ist doch nicht deine Schuld«, widersprach Christian und streichelte Nicole übers Haar. »Du kannst nichts dafür, dass ...«

»Aber ich hab gespielt, obwohl ich krank war«, heulte Nicole auf. »Wrede hat doch gesagt, dass diese Herz...entzündung erst durch eine verschleppte Erkältung entstanden ist ...«

Darauf wusste Christian nichts zu erwidern. Wie sollte er seine Freundin trösten, wenn er die Situation selbst noch gar nicht recht erfassen konnte. Stumm streichelte er Nicole, kämpfte mit seinen eigenen Gedanken und Gefühlen.

»Aber ich hab mich doch seit Beginn der Schwangerschaft schlapp gefühlt, da ist mir die Erkältung gar nicht so aufgefallen«, fuhr Nicole unter Tränen fort.

»Und jetzt hab ich meinen Körper unwiderruflich

zerstört …« Schluchzer schüttelten ihren zierlichen Körper.

Christian blieb abermals stumm. Er spürte, dass jedes Wort zu viel war.

Er wusste aus eigener Erfahrung, welch ein Drahtseilakt es war zu entscheiden, ob man gesundheitlich in der Lage war zu spielen oder nicht. Und Nicole hatte offensichtlich eine falsche Entscheidung getroffen. Was sollte er dazu sagen? Vorwürfe waren auf jeden Fall fehl am Platz.

»Seit wann weißt du eigentlich von deiner Schwangerschaft?«, fragte Christian, nachdem sich Nicole wieder etwas beruhigt hatte.

Jetzt war es seine Freundin, die ins Schweigen fiel. Sie nagte auf ihrer Unterlippe, während eine Hand über die leichte Rundung ihres Bauches strich.

»Ich wollte es dir persönlich sagen«, begann sie schließlich. »Und … na ja … irgendwie hat es lange nicht geklappt, dass wir uns sehen … und dann hatte ich auf deine Spielzeit jetzt in Hamburg gehofft … aber ich wollte doch nicht, dass das alles so ausgeht …« Schon wieder sammelten sich Tränen in ihren Augen.

»Aber …« Christian brach ab.

»Wann ist es so weit?«, wollte er wissen.

Noch immer kam ihm diese Situation unwirklich

vor. Er wurde noch in diesem Jahr Vater. Selbst mit einigen Tagen Abstand, in denen er versucht hatte, diese Botschaft zu begreifen, war es noch nicht richtig bei ihm angekommen.

Nicole gab ihm einen sanften Kuss auf den Handrücken.

»Ende Oktober«, sagte sie mit leiser Stimme.

Ohne ihrem Freund ins Gesicht zu sehen, wusste Nicole, wie es in Christian arbeitete. Wie er rechnete.

»Erinnerst du dich noch an unseren Urlaub im Januar?«, half sie ihm auf die Sprünge und griff nach seiner Hand.

»Aber warum bist du schwanger? Du nimmst doch die Pille …«, warf Christian verwirrt ein.

»Mein Frauenarzt hat gemeint, dass ich durch die Zeitverschiebung und den langen Flug vermutlich mindestens eine Pille vergessen beziehungsweise zu spät genommen habe«, erklärte Nicole gefasst. Diese Neuigkeiten waren für sie nicht mehr so schockierend wie für ihren Freund, aber sie wusste auch schon etwas länger davon.

»Und zwischen deiner Schwangerschaft und dem Herzproblem gibt es keine Probleme oder nicht doch einen Zusammenhang?«, sprach Christian einen anderen Gedanken aus, der auch Nicole beschäftigte. Er musste diese Neuigkeiten erst einmal alle auf sich wirken lassen. Darüber nachdenken. Sacken lassen. Aktuell konnte er nur eine Frage nach der anderen stellen.

Und Nicole konnte es ihm nicht verdenken, haderte sie doch selbst noch mit den jüngsten Entwicklungen.

»Doktor Wrede meinte, dass mein Herzproblem eindeutig auf einen Infekt zurückzuführen ist, das haben die zahlreichen Untersuchungen bestätigt«, berichtete Nicole und schloss müde die Augen. »Und was das Baby angeht ... der Frauenarzt macht regelmäßige Kontrollen, bisher gibt es keine Auffälligkeiten.«

Kapitel 9

Christian schwirrte der Kopf, als er das Universitätsklinikum am späten Nachmittag verließ.

Nicki war schwanger, obwohl sie eigentlich verhütet hatten.

Ihr Herz war stark geschädigt, sie bis auf weiteres ans Bett gefesselt. Die weiteren Folgen gerade nur schwer abzusehen.

Der Wind peitschte ihm Regentropfen ins Gesicht, deswegen zog er sich rasch die Kapuze über den Kopf und schloss den Reißverschluss der Jacke. Mit den Händen in den Jackentaschen und gesenktem Kopf stapfte er durch den dichter werdenden Regen. Er brauchte Bewegung und frische Luft, um nicht völlig wahnsinnig zu werden.

Ziellos hastete Christian durch Hamburgs Straßen, hatte längst die Orientierung verloren. Seine Kleidung war durchnässt, klebte ihm auf der Haut und ließ ihn frösteln.

Wie sollte es denn jetzt nur weitergehen?

Wollte er überhaupt ein Kind?

Nicki und er hatten das Thema lange vor sich her geschoben, sie wollten beide weiterhin auf der Bühne stehen.

Warum hatte ihm Nicki nicht viel früher erzählt, dass sie schwanger war? Warum hatte es ihr erst so schlecht gehen müssen, dass sie mit der Sprache herausrückte? Warum hatte sie ihm das mit der Pille nicht schon im Urlaub gesagt? Es war nicht ihre erste Fernreise als Paar und Nicki nahm die Pille nicht erst seit gestern.

Verstimmt presste Christian die Lippen aufeinander und kam an einer roten Ampel zum Stehen.

Hatte sie die Schwangerschaft so lange geheim gehalten, um ihm keine Wahl zu lassen? Hatte sie gedacht, er würde sie zu einer Abtreibung überreden wollen?

So viele Fragen und weit und breit keine Antwort in Sicht, stellte Christian frustriert fest. Seine Freundin konnte er in ihrem Zustand wohl kaum bedrängen und die dringend nötigen Antworten einfordern. Es lag ihm fern, ihren Zustand dahingehend auszunutzen. Nur, wie sollte er sonst an Informationen kommen?

Seufzend trabte Christian die abschüssige Straße hinab und steuerte direkt auf die Landungsbrücken zu.

Vorsichtig schritt er über die nassen Holzbretter der Zugangsbrücke hinab auf die Pontons und atmete tief ein, um die Seeluft in sich aufzunehmen.

Das gleichmäßige, leichte Schaukeln hatte sofort eine beruhigende Wirkung auf ihn.

Dem Wetter sei Dank war kaum etwas los, nur vereinzelt legten Fähren und Rundfahrtschiffe an.

Er verschränkte die Arme vor der Brust und ließ die Szenerie einfach auf sich wirken. Und endlich wurde auch sein Gedankenkarussell langsamer.

»Christian?!« Ariana steuerte direkt auf ihn zu und musterte ihn besorgt. »Was … was machst du denn hier?«

Überrascht sah er auf. »Ich musste nachdenken«, wich er aus und senkte den Blick.

»Hier. Bei diesem Sauwetter?!« Ariana legte ihm eine Hand an die Wange. »Du bist eiskalt! Wie lange stehst du hier schon in diesen nassen Klamotten?«

Vage zuckte Christian mit den Schultern und wehrte sich nicht weiter, als Ariana ihn am Arm packte und die wenigen hundert Meter zu ihrem Wohnhaus eskortierte.

»Ich koch uns erst einmal Tee und du siehst zu, dass du dich trocken legst«, bestimmte sie resolut und deutete auf die Tür zum Badezimmer, ehe sie sich zur Küchenzeile wandte und den Wasserkocher mit frischem Wasser befüllte.

Was machte er hier?
Er hatte hier nichts zu suchen.
Seine Freundin war schwanger und lag im Krankenhaus.
Und er? Er stand im Bad seiner Affäre?
Christian schüttelte den Kopf über sich selbst und öffnete den Reißverschluss seiner dünnen Regenjacke mit zitternden Fingern. Langsam war ihm richtig kalt, das war ihm draußen gar nicht so aufgefallen.
»Na komm.« Auf einmal stand Ariana wieder hinter ihm und sah ihn im Spiegel an. »Ausziehen und ab unter die Dusche. Oder willst du gleich wieder ausfallen?«

Ariana hatte ihm lange genug zugesehen und zog ihm nun die tropfende Regenjacke von den Schultern und ließ sie einfach zu Boden fallen.
Ohne Berührungsängste schob sie Christians feuchten Pullover Stück für Stück nach oben. Ihre warmen Hände auf seiner klammen Haut waren direkt eine Wohltat.
Er streifte sich die Schuhe von den Füßen, während Ariana seinen Gürtel öffnete und ihm die Hose von den Hüften streifte. So oft hatte sie ihn schon ausgezogen, dass er es gar nicht zählen

wollte. Und auch jetzt reagierte sein Körper unbewusst auf Arianas Berührungen.

»Und jetzt ab unter die Dusche mit dir.« Ariana räusperte sich und richtete sich wieder auf. »Ansonsten kommen wir beide wohl noch auf sehr unanständige Gedanken, die wir hinterher vermutlich bereuen.«

Mit sanftem Nachdruck bugsierte sie ihren Liebhaber in die gläserne Duschkabine und registrierte zufrieden, dass er endlich aus seiner Starre erwachte und das Wasser aufdrehte. Sie legte ihm noch Handtücher auf die Ablage und verließ dann das Badezimmer.

Christians Anblick, nackt unter ihrer Dusche, erregte sie ungemein und doch war er im Moment absolut tabu für sie. Seine Freundin war wieder in der gleichen Stadt wie sie. Und sie war krank. Zwei Gründe, warum sie unbedingt die Hände von ihm lassen sollte. Warum fiel ihr das dieses Mal nur so schwer?

Sie fühlte sich bei Christian einfach geborgen, verstanden, gut aufgehoben. Sie genoss die körperliche Nähe zu ihm sehr.

Sah sie ihn überhaupt noch als Affäre oder wollte sie nicht längst mehr? Allein der Gedanke, Christian für sich zu haben, als festen Partner, ließ ihr Herz einen freudigen Satz machen.

»Ich hab meine Sachen in den Trockner ge-
packt«, bemerkte Christian beim Betreten der
Wohnküche und legte Handy, Geldbeutel und
Schlüssel auf die Anrichte. »Ich hoffe, …«

Ariana nickte nur und musterte ihn. Nur ein
Handtuch um die Hüften, sein trainierter Oberkörper, der ihre Gedanken schon wieder in andere Bahnen lenkte.

Hastig stand sie auf und holte die Teetassen aus
der Küchenzeile. Christian hüllte sich unterdes-
sen in eine der großen Decken, die sie auf Reisen
immer dabei hatte.

»So.« Ariana stellte die Tassen auf den Beistelltisch und kuschelte sich dann in die gegenüber-
liegende Sofaecke zwischen zwei Kissen. »Was ist
los? Warum rennst du bei dem Sauwetter durch
den Regen und riskierst, schon wieder krank zu
werden?«

Christian zuckte mit den Schultern, sein Blick ging
an Ariana vorbei, seine Miene war wie eingefro-
ren.

»Okay. Dann frage ich mal so: Was ist mit Nicki?«, suchte sich Ariana einen anderen Ansatz-
punkt, obwohl sie dieses Thema lieber meiden
wollte. Aber es war offensichtlich, dass Christian
etwas beschäftigte.

»Ihr Herz ist schwer geschädigt.« Christian verschränkte die Arme und legte den Kopf in den
Nacken. »Der Arzt heute Nachmittag versucht

zwar, optimistisch zu klingen, aber sein Gesichtsausdruck spricht eine andere Sprache. Kurz: Nickis Zustand ist ernst. Sie muss strikte Bettruhe halten, darf sich nicht aufregen ...« Er schüttelte den Kopf, als könnte er die Gedanken so vertreiben. »Keiner weiß, wie und ob sich ihr Herz regeneriert.«

Schockiert schwieg Ariana.

Christian holte tief Luft. »Das andere Problem ist allerdings, dass Nicki schwanger ist.«

Schwanger. Ariana hatte mit vielem gerechnet, nur nicht damit. Aber wenn sie sich Christian so ansah, dann schien es ihm nicht anders zu gehen als ihr.

»Und du bist der Vater?«, rutschte ihr die nächste Frage einfach so heraus.

Endlich sah Christian sie wieder direkt an. »Nicki sagt, dass nur ich in Frage komme«, meinte er ausweichend. Sicher war er sich da nicht zu einhundert Prozent, sein Bauchgefühl mahnte ihn zur Vorsicht.

Kapitel 10

Der Spielalltag hatte Christian Rückert wieder voll im Griff – die acht Shows in der Woche waren ein anspruchsvolles Pensum. Dazu kamen seine täglichen Besuche bei Nicole im Krankenhaus, die ihn emotional angriffen. Noch immer ging es Nicole nicht so gut wie sie alle sich das wünschten. Doktor Wrede bemühte sich zwar um Zuversicht, doch der Funke wollte nicht so recht auf Nicole und Christian überspringen.

Heute, an seinem spielfreien Tag, spürte Christian deutlich, dass er auch einmal durchatmen musste und Zeit für sich selbst brauchte. Ausschlafen. Erst spät frühstücken. Ein ausführlicher Spaziergang an der Elbe, um den Kopf frei zu bekommen.

Mit einer frischen Tasse Kaffee setzte sich Christian erst um Viertel nach Zwölf auf den Balkon und starrte in den blauen Himmel, über den ganz vereinzelte Wolkenstreifen huschten. Es versprach, ein schöner, warmer Tag zu werden. Vielleicht sollte er sich heute Abend doch seinen

Kollegen anschließen und mit ihnen grillen.

Etwas Gesellschaft konnte ihm nicht schaden, durch seine Tage im Krankenhaus war er im Moment doch recht isoliert. Rasch tippte er eine Nachricht in die Cast-Whatsapp-Gruppe und stellte sich erst einmal unter die Dusche.

Den täglichen Besuch bei Nicole verschob Christian auf den späten Nachmittag, damit er anschließend direkt weiter zur Grillfeier fahren konnte und jetzt Zeit für seine berufliche Planung hatte.

Anfang August begann die Probenphase für *Das Tor zur Hölle* in Wien, auch der spätere Spielplan bereitete ihm Kopfzerbrechen. Dazu kamen noch Anfragen für Solokonzerte, Gastauftritte bei Konzerten, Einladungen für Castings.

Es war dringend nötig, dass er all diese Termine jetzt einmal ordnete und zusah, wo er Zeit für Nicole und das Baby fand. Konnte er da überhaupt frei nehmen, ohne dass er Probleme mit seinem Arbeitgeber bekam? Hatte er als Erstbesetzung überhaupt eine Wahl? Oder gab es da Möglichkeiten, damit er zumindest für die erste Zeit nach der Geburt zu Hause sein konnte?

Kurz entschlossen startete er seinen Laptop und begann mit seiner Recherche. In den nächsten Tagen hatte er ohnehin ein Gespräch mit Abendspielleiter Mathias Francke, der auch in Wien für

Themen wie Spielpläne, Urlaubsgestaltung und andere Sorgen seiner Darsteller zuständig sein würde, sodass er jetzt schon einmal vorfühlen wollte, wie es überhaupt aussah an dieser Front.

Seine Kollegen sah und hörte Christian schon von Weitem, als er erst um halb Acht über die Michelwiese gelaufen kam. Hier unweit der Landungsbrücken gab es eine große Wiese mit Grillstation und Sitzgelegenheiten, die für die ganze Gruppe ausreichend waren.

Francesco – Christians Vertretung in der Rolle des Teufels – reichte ihm zur Begrüßung eine Flasche kühles Bier aus einer der Kühltaschen, einen Moment später brachte einer der Tänzer die erste Ladung Grillgut an den Tisch.

»Und? Was hab ich hier bis jetzt verpasst?«, wandte sich Christian an Ariana, die neben ihm saß und verträumt aus ihrer Bierflasche trank.

»Joe und Alex haben sich ein Tanzbattle mit unserem Dance Captain und deinem Tanzdouble geliefert, das war echt sehenswert«, schmunzelte sie und stellte ihre Flasche wieder vor sich auf den Tisch. »Na ja, ansonsten haben sich die Jungs noch darum gestritten, wer das Kommando am Grill hat, bis Astrid ihnen einfach die Grillzange aus der Hand genommen hat.«

Christians Blick ging zu seiner Kollegin am Grill, die gerade eine zweite Runde Fleisch auflegte.

Diese Gruppe war in den letzten Jahren zu seiner zweiten Familie geworden, in der es kaum anders zuging als bei seiner Familie in Nürnberg. Zwei Jahre dauerte die gemeinsame Reise nun schon und Christian war froh, dass ein Großteil seiner Kollegen mit nach Wien zur Neuinszenierung gehen würde. So oder so würde ihm der Abschied schwerfallen.

»Wie geht es eigentlich Nicki?«, wollte Joe – er spielte Christians größten Widersacher auf der Bühne – wissen, während erst einmal Ruhe eingekehrt und nur das Klappern des Bestecks zu hören gewesen war.

Weitere Kollegen hoben den Blick. Nicoles Zustand hatte sich herumgesprochen, deswegen kamen derartige Nachfragen häufiger.

Seufzend ließ Christian sein Besteck sinken und griff stattdessen nach der Bierflasche. Er verstand die Neugierde durchaus, aber er war grundsätzlich nicht der Typ dafür, der sein Privatleben groß diskutierte.

»Es geht ihr den Umständen entsprechend«, ließ er sich widerwillig zu einer Antwort hinreißen. »Für den Moment stabilisiert sich ihr Zustand, mehr kann aber noch niemand sagen.« Er trank einen großen Schluck aus der Flasche.

»Das ist doch scheiße«, bemerkte Joe und stieß seine Gabel ins Steak vor sich. »Ich meine, sie ist doch so fit ...«

»Das war sie ja auch«, fauchte Christian angegriffen. »Aber ihr Herz ist im Eimer, das durfte ich mir vorhin wieder einmal anhören.« Er warf das Besteck auf den Tisch.

»Und weißt du, was das für Nicki bedeutet? Sie darf ganz kurze Strecken über den Stationsflur machen, ansonsten muss sie im Bett bleiben!«

Francesco griff nur nach seiner Bierflasche, während Joe betreten den Blick senkte. Er hatte ja nicht ahnen können, dass Christian gleich so laut wurde.

»Ihr Leben wird nie wieder das Gleiche sein«, fuhr Christian etwas gemäßigter fort. »Ob sie je wieder tanzen darf steht in den Sternen. Und jetzt wäre ich euch sehr verbunden, wenn wir das Thema wechseln könnten. Es sei denn, ihr wollt mir den Abend noch versauen.«

»Eine Frage zum Flurfunk gibt es da aber durchaus noch«, meldete sich jetzt Astrid zu Wort und sah Christian über den Tisch hinweg unverwandt an. »Du wirst Vater?«

Ariana folgte Christian zur U-Bahnstation an den Landungsbrücken, hatte sich vertraut bei ihm untergehakt. Sie hatten die Grillfeier mit als erste verlassen, während der Rest überlegte, noch über die Reeperbahn zu ziehen. Schließlich war am nächsten Tag frei.

»Hast du Nickis Schwangerschaft ausgeplaudert?«, wollte Christian nachdenklich wissen, während er den Abend vor seinem inneren Auge noch einmal Revue passieren hatte lassen.

»Für wie blöd hältst du mich?« Ariana knuffte ihn freundschaftlich in die Seite. »Es weiß auch niemand, was wir seit zwei Jahren veranstalten. Ich kann also schweigen wie ein Grab.«

Seufzend schüttelte Christian den Kopf. Noch so ein Thema, das er gerne vermeiden würde. Seine Affäre. Er bewegte sich zwar innerhalb der Grenzen, die er und Nicole einander gesteckt hatten. Doch damit war eigentlich nie gemeint gewesen, eine Art zweite Beziehung anzufangen. Aber genau das war irgendwie passiert.

»Kommst du noch auf einen Drink mit zu mir?«, fragte Ariana gut gelaunt wissen, als hätte sie Christians nachdenkliche Grundstimmung nicht bemerkt.

»Ich halte das für keine gute Idee«, reagierte Christian abweisend und entzog ihr seinen Arm.

»Was?« Unschuldig sah Ariana zu ihm auf.

»Na das mit uns«, fauchte Christian – dabei war er vor allem sauer auf sich selbst. Wütend darüber, dass er mit Ariana im Bett gelegen hatte, als es Nicole so schlecht gegangen war. Als sie zusammengebrochen war. Er hatte ein schlechtes Gewissen und das behagte ihm ganz und gar nicht.

»Du meinst, den Stressabbau?« Ariana schmunzelte und erklomm neben Christian die Stufen zum Bahnsteig.

»Genau den meine ich.« Christian vergrub die Hände in den Hosentaschen und sog die kühle Abendluft gierig in seine Lungen. »Das muss aufhören, Ariana. Ein für alle Mal.«

Tagelang trug er sich schon mit diesem Gedanken. Es jetzt endlich laut auszusprechen nahm ihm ein schweres Gewicht von der Seele.

»Verlangt das Nicki?« Ariana stemmte die Hände in die Hüften.

Der einfahrende Zug ersparte Christian zunächst eine Antwort und gewährte ihm einen Moment mehr Zeit, sich die Worte zurechtzulegen.

»Nicki verlangt überhaupt nichts von mir«, stellte er klar und stützte die Arme auf die Oberschenkel. »Sie ist schwer krank und schwanger und ich will und werde ihr dabei selbstverständlich zur Seite stehen. Da ist kein Platz mehr für … Stressabbau.«

Arianas Blick flackerte kurz, doch dann hatte sie sich wieder im Griff.

»Ich hoffe aber, dass das keinen Einfluss auf unsere Arbeit auf der Bühne hat«, meinte Christian müde und lehnte sich dann zurück.

»Wie du meinst.« Ariana stand auf, gerade war ihre Haltestelle in der Durchsage angekündigt worden und der Zug bremste bereits. »Du solltest nur wissen, dass Nicki vielleicht auch nicht immer ganz ehrlich zu dir ist. Gerade was die Schwangerschaft angeht.«

Damit wandte sie sich ab und verließ den Waggon grußlos.

Verwirrt runzelte Christian die Stirn, während sich der Zug wieder in Bewegung setzte. Ariana war längst vom Bahnsteig verschwunden.

Was meinte sie damit? Dass Nicki ebenfalls die eine oder andere … Möglichkeit zum Stressabbau gefunden hatte, war für ihn nicht neu und hatte ihn bislang nur bedingt gestört. Nicki hatte im Gegensatz zu ihm immer nur One-Night-Stands gehabt, wie sie ihm irgendwann einmal offenbart hatte.

Was also konnte Ariana von Nicole wissen?

War er doch nicht der Vater des Babys?

Oder versuchte Ariana, einen Keil zwischen ihn und Nicole zu treiben?

Erhoffte sie sich mehr als nur eine körperliche Beziehung?

Christian schüttelte nur den Kopf. Diese verwirrende Gesamtsituation hatte er sich selbst zuzuschreiben. Die Frage war nur, wie er da wieder rauskommen sollte.

Kapitel 11

Energisch schloss Chefarzt Professor Miller die Tür zum Besprechungszimmer hinter sich, setzte sich an das Kopfende des langgezogenen Tisches und sah auffordernd in die Runde – bestehend aus den Oberärzten, dem leitenden Oberarzt und zwei Fachärzten.

»So, fangen wir an.« Professor Miller räusperte sich. »Wie sieht es mit Nicole Jorgensen aus?«

Oliver Wrede sah starr auf den großen Monitor mit den Patientendaten.

»Achtundzwanzigjährige Tänzerin mit Herzmuskelentzündung und einer daraus resultierenden Herzschwäche der Stufe Zwei. Sie spricht gut auf die medikamentöse Therapie an.«

Der Chefarzt musterte das letzte EKG der Patientin.

»Wenn man ihren Einlieferungszustand bedenkt ist das ohnehin schon ein guter Erfolg. Wie ist das weitere Vorgehen?«

»Das ist das Problem«, schaltete sich Doktor Maier, der leitende Oberarzt, ein.

»Frau Jorgensen möchte am Montag mit ihrem Lebensgefährten nach Wien umziehen. Die beiden haben bereits gefragt, wie und ob sie zusammen abreisen dürfen.«

Wrede verschränkte die Arme und lehnte sich in seinem Stuhl zurück.

»Ihr Zustand ist soweit stabil, dazu kommt, dass ihre Insuffizienz im Moment in Stufe Zwei einzustufen ist«, stellte er fest. »Wir könnten ihr also durchaus eine Flugreise ...«

»Flugreise?«, mischte sich Doktor Maier ein.

»Ja, eine Flugreise.« Doktor Wrede sah den leitenden Oberarzt stirnrunzelnd an.

»Was glauben Sie, welchen Stress eine Autofahrt von gut eintausend Kilometern für die Patientin bedeutet? Nach gängigen Kriterien ist sie flugtauglich und ich bin der festen Überzeugung, dass ...«

»Das mag ja durchaus sein«, unterbrach ihn Maier unwirsch.

»Was aber machen Sie, wenn sich Frau Jorgensens Zustand während des Fluges verschlechtert? Wollen Sie etwa höchstselbst mit ins Flugzeug steigen und sie nach Wien begleiten?«

Wütend funkelte Oliver Wrede seinen Kollegen an. Seine Argumente waren zwar nicht ganz unwichtig, doch die Art und Weise wie er mit ihm sprach, ging ihm massiv gegen den Strich.

»Meine Herren!«, schritt Professor Miller ein.

»Betrachten wir den Fall doch einmal sachlich anhand der Faktenlage und entscheiden dann, wie und ob wir der Patientin gestatten und empfehlen, von Hamburg nach Wien zu reisen.«

Schlecht gelaunt saß Nicole Jorgensen auf der Bettkante und baumelte mit den Beinen. Seit über acht Wochen wurde sie in der Uniklinik festgehalten und noch immer war kein Ende in Sicht. Inzwischen ging es ihr zwar deutlich besser, doch sie hatte immer noch mit Einschränkungen zu kämpfen.

In vier Tagen würde Christian nach Wien reisen, schließlich begannen in den ersten Augusttagen die Proben für die Jubiläumsproduktion von *Das Tor zur Hölle*. Und Nicole würde nichts lieber tun als sich ihm anzuschließen. Hier in Hamburg wäre sie allein, könnte nicht viel tun. Auf die Bühne durfte sie schon allein wegen ihres Herzens nicht, dazu kam die Schwangerschaft.

Inmitten ihrer Gedanken klopfte es kurz an der Tür.

»Moin, Frau Jorgensen.« Herzspezialist Oliver Wrede betrat ihr Krankenzimmer, ihr Freund Christian folgte ihm.

Geduldig wartete Wrede, bis sich Christian gesetzt hatte, dann begann er mit der Besprechung der jüngsten Untersuchungen.

»Wie wir befürchtet hatten, hat sich bei Ihnen

aufgrund der Entzündung eine Herzschwäche entwickelt, die wir gegenwärtig aber mit Medikamenten einigermaßen im Griff haben.«

Die Tänzerin verschränkte die Arme, schob ihre Unterlippe vor.

»Jetzt kommt noch hinzu, dass Sie nächste Woche eigentlich nach Wien umziehen wollen, richtig?«

Der Mediziner sah zwischen Christian und Nicole hin und her.

»Ich will hier nicht alleine bleiben«, stieß Nicole trotzig hervor. Sie wusste, dass sie sich gerade wie ein kleines Kind anhörte, aber im Moment konnte sie nicht aus ihrer Haut.

»Das verstehe ich.« Oliver Wrede nickte wie zur Bekräftigung.

»Ich habe mich eben lange mit meinen Kollegen beraten, wie es aus medizinischer Sicht mit Ihnen weitergehen soll.«

Christian griff sofort nach Nicoles Hand, drückte sie fest.

»Frau Jorgensen, Ihr Zustand ist stabil, Sie sind medikamentös gut eingestellt«, erklärte er.

»Aus diesem Grund würden wir Sie schon heute nach Hause entlassen.«

Seine Worte brauchten einen langen Moment, bis Nicole den Sinn seiner Aussage verstanden hatte.

»Ich darf hier raus?«, vergewisserte sie sich zurückhaltend – sie traute dem Braten nicht so recht.

»Genau.« Wrede lächelte.

»Halten Sie sich genau an die Verhaltensregeln, keine übermäßige körperliche Belastung und bei Unwohlsein, Schmerzen oder Verschlechterung Ihrer Symptome stellen Sie sich bitte umgehend in der nächsten Notaufnahme vor.«

»Aber was ist mit unserem Umzug nach Wien«, meldete sich Christian zu Wort, nachdem Nicole ihr Glück noch nicht so recht fassen konnte. Sie durfte nach Wochen endlich wieder nach Hause. Weit weg von Krankenhäusern, Ärzten und …

Mit einem Lächeln im Gesicht schüttelte sie den Kopf.

»Warten wir doch erst einmal ab, wie es Ihnen in den nächsten Tagen zu Hause ergeht«, schlug Oliver Wrede vor und musterte seine Patientin versonnen.

»Meine Kollegen und ich sind uns dahingehend einig, dass wir Ihnen eine Flugreise von Hamburg nach Wien erlauben, wenn es Ihnen weiterhin gut geht und Sie stabil bleiben.«

Ungläubig riss Nicole die Augen auf. Das war mehr, als sie zu hoffen gewagt hatte. Endlich bekam sie mal etwas anderes zu sehen als die vier Wände ihres Krankenzimmers. Und sie musste nicht wieder tausend Kilometer zwischen sich und Christian akzeptieren. Sie konnten endlich wieder Zeit zusammen genießen. Als Paar.

»Ich sehe Sie am Montagmorgen noch einmal.« Doktor Wrede griff nach seinen Unterlagen.

»Ich schicke gleich noch einen Kollegen mit den Entlassungsunterlagen.« Er reichte erste Nicole, dann Christian die Hand und wandte sich dann zum Gehen.

Freudestrahlend schloss Christian seine Freundin in die Arme. Mit dieser Entscheidung der Ärzte hätte er gar nicht mehr gerechnet, jetzt sah er dem Wochenende mit einer Mischung aus Vorfreude und Unsicherheit entgegen.

Christian bezahlte den Taxifahrer, dann folgte er Nicole zum Aufzug, der inzwischen wieder repariert worden war.

»Es ist echt komisch«, stellte Nicole nachdenklich fest, während sich die Aufzugkabine ruckelnd in Bewegung setzte. Sie sah auf die Uhr.

»Musst du heute Abend eigentlich auf die Bühne oder hast du zur Abwechslung frei?«

Lächelnd zog Christian seinen Wohnungsschlüssel aus der Hosentasche, schulterte Nicoles Krankenhaustasche und ging voran zu ihrer Wohnung.

»Francesco spielt bis Samstagabend, ich hab nur noch die letzten beiden Vorstellung am Sonntag«, berichtete er und ließ Nicole den Vortritt.

»Schon Zufall, dass das jetzt so alles zusammen fällt«, stellte er fest.

»Aber es ist so ganz gut, dass wir noch etwas Zeit für uns haben.« Nicole steuerte das Sofa im Wohnzimmer an und ließ sich langsam darauf sinken.

»Man sieht eindeutig, dass du hier wohnst«, stellte sie schmunzelnd fest.

»Bei mir ist es nie so ordentlich.«

Teil 3: Probezeit Wien
August bis September

Kapitel 12

Christian half seiner Freundin aus der Jacke und führte sie zum großen Sofa im Wohnzimmer seiner Wiener Wohnung. Nicole war blass, auch ihre Lippen hatten wieder eine leicht bläuliche Färbung, von der Doktor Wrede erklärt hatte, dass sie symptomatisch für die Herzinsuffizienz war.

»Kann ich dir noch etwas Gutes tun?«, wollte er unsicher wissen und deckte Nicole mit der weichen Decke zu.

»Magst du vielleicht etwas zu trinken? Einen Tee?«

Zitternd schüttelte Nicole den Kopf.

»Hol du nur erst einmal das Gepäck«, brachte sie zähneklappernd hervor und kuschelte sich tiefer in die Kissen.

»Ich laufe dir schon nicht weg«, meinte sie mit dem winzigen Ansatz eines Lächelns.

Unschlüssig blieb Christian noch einen Moment in der Tür stehen, dann eilte er nach unten zum Mietwagen, um die zahlreichen Koffer und Taschen nach oben zu tragen. Er war froh, dass er endlich wieder zu Hause war, hier in seiner Wahlheimat.

Keuchend schob Christian die letzten großen Koffer in den geräumigen Flur seiner Wohnung und kehrte dann zu Nicole ins Wohnzimmer zurück. Sie fröstelte noch immer, obwohl es in Wien für Anfang August reichlich warm war. Ob er mit ihr direkt zum Arzt gehen sollte? Ihr Zustand gefiel ihm ganz und gar nicht.

»Hast du deine Tabletten heute schon genommen?«, fragte er, obwohl ihm eigentlich eine ganz andere Frage auf der Zunge lag.

Nicole nickte nur und zog sich die Decke bis unters Kinn.

»Kannst du mir bitte eine Wärmflasche machen?«

Christian nickte stumm und bog ab in die Küche. Wenn es Nicole in den nächsten ein oder zwei Stunden nicht besser gehen sollte, so nahm sich Christian fest vor, würde er mit ihr ins Spital fahren. So oder so sollte sich Nicole in den nächsten Tagen noch bei einem Herzspezialisten vorstellen, hatte Doktor Wrede bei ihrem letzten Besuch am Vormittag gemahnt und ihnen die Visitenkarte eines Kollegen mitgegeben.

Er seufzte und befüllte den Wasserkocher mit Leitungswasser.

Die letzten Tage mit Nicole außerhalb des Klinikums in Hamburg waren für ihn an sich sehr entspannend gewesen – nachdem er gesehen hatte, dass es Nicole weiterhin gut ging.

Doch die zahlreichen Tabletten, die sie täglich nehmen musste und von denen er im Klinikum kaum etwas mitbekommen hatte, machten ihm neue Sorgen. Angeblich sollten die Medikamente keinen Einfluss auf die Schwangerschaft nehmen, aber Christian war sich da nicht so sicher.

Auch stellte er sich die Frage, ob die Schwangerschaft Nicole nicht ebenfalls schadete – aber für seine Freundin hatte nie zur Debatte gestanden, ob sie das Baby behalten wollte, wie sie ihm gestanden hatte.

Mit der Wärmflasche und einer Tasse Tee setzte sich Christian zu Nicole aufs Sofa. Er schloss sie von hinten in die Arme, steckte die handwarme Wärmflasche unter Nicoles Decke und versuchte, ihr Wärme und Halt zu geben.

Seit Nicoles Erkrankung erkannte er seine Freundin kaum wieder. Sie so passiv und antriebslos zu erleben zerriss ihm buchstäblich das Herz, denn seit sie sich kannten war Nicole immer voller Tatendrang und Leidenschaft für die Bühne gewesen.

»Probenbeginn ist übrigens am Montag um Neun«, berichtete er und streichelte mit beiden

Händen über Nicoles Bauch. Inzwischen konnte er das kleine Stupsen des Babys selbst spüren und konnte dennoch nicht richtig glauben, dass er in wenigen Monaten Vater werden sollte. Er freute sich auf dieses Abenteuer, aber Nicoles Zustand trübte seine Vorfreude.

»Dann kannst du ja morgen mit zum Arzt kommen«, nuschelte Nicole müde, den Kopf an seiner Schulter. »Vielleicht magst du ja das Baby auch mal sehen …«

Ein Lächeln breitete sich auf Christians Gesicht aus. Er war schrecklich neugierig, am liebsten würde er das Baby schon heute in den Armen halten.

»Und dann noch zum Kardiologen?«, griff Christian ein anderes Thema auf, um das sich Nicole am liebsten drücken würde.

»Ich hab da heute Vormittag angerufen und soll morgen um Eins in die Praxis kommen«, gähnte Nicole und schloss die Augen.

Kapitel 13

Die erste Nacht in seinem eigenen Bett hatte Christian gutgetan, ihn erholt durchschlafen lassen. Er ließ Nicole noch weiterschlummern, während er bereits Kaffee aufsetzte und sich dann unter die Dusche stellte. Das warme Wasser entspannte ihn, ließ ihn für zehn Minuten all seine Sorgen vergessen.

»Hey!«

Überrascht fuhr Christian zusammen, als Nicole gegen die Glastür der Dusche klopfte und spitzbübisch grinste.

»Hab ich dich geweckt?«

Kopfschüttelnd stellte Christian das Wasser aus und griff nach dem Handtuch.

»Du kannst mich doch nicht so erschrecken«, kicherte er.

Rasch trocknete er sich ab und verließ die Duschkabine.

»Es reicht, wenn einer von uns ein Herzproblem hat.«

Ein Schatten huschte über Nicoles Gesicht, doch

dann streckte sie sich und gab ihrem Freund, der über einen Kopf größer war als sie, einen zärtlichen Guten-Morgen-Kuss.

Nach einem entspannten Frühstück machte sich das Paar auf den Weg zum ersten Arztbesuch des Tages. Christians Herz war dabei erfüllt von freudiger Erwartung, denn zum ersten Mal konnte er das Baby mit eigenen Augen sehen, nicht nur seine Bewegungen spüren. Im Krankenhaus hatte es sich bislang nämlich leider nicht ergeben, dass er bei einer Ultraschalluntersuchung dabei sein konnte.

Frauenarzt Doktor Jensen ließ sich von Nicole jedoch erst einmal den bisherigen Verlauf schildern, las sich die Arztbriefe aus Hamburg durch und überflog auch noch die Eintragungen im Mutterpass.

»Da haben Sie ja einiges mitgemacht«, stellte er fest und musterte das Paar vor sich.

»Wie geht es Ihnen denn inzwischen, Frau Jorgensen?«

Automatisch griff Nicole nach der Hand ihres Freundes und drückte sie fest.

»Es muss irgendwie gehen«, meinte sie mit leiser Stimme.

»Aber ich mache mir schon meine Gedanken. Um mein Herz. Das Baby und wie viel es von meinen Problemen mitbekommt. Wie es dem

Baby geht. Wie schnell die Zeit bis zur Geburt vergehen wird ...« Mit jedem Wort war sie noch leiser geworden und starrte zu Boden.

Christian schluckte.

»Was ich anhand der Unterlagen sehen konnte, scheint es Ihrem Kind bisher gut zu gehen«, versuchte der Arzt, die junge Frau vor sich etwas zu beruhigen.

»Nichtsdestotrotz müssen wir aufpassen, wie sich Ihr Zustand und der Ihres Kindes entwickelt.« Er räusperte sich.

»Allerdings ist es gut möglich, dass das Baby aufgrund Ihrer gesundheitlichen Situation früher entbunden werden muss.«

Ruckartig wandte Christian den Blick zu seiner Freundin, die sich stumm an seine Hand klammerte.

»Ein Kaiserschnitt?«, wollte er nach einigem Nachdenken wissen. Er hatte das Gefühl, dass sein Gehirn diese Informationen einfach viel zu langsam verarbeitete.

Doktor Jensen sah zwischen Christian und Nicole hin und her.

»Ich rate aufgrund der medizinischen Vorgeschichte dringend von einer natürlichen Geburt ab«, stellte er sachlich fest.

»Haben Sie schon mit den Kardiologen über dieses Thema gesprochen?«

Nicole schüttelte nur den Kopf.

»Noch nicht. Mein Arzt in Hamburg meinte, dass ich das am besten mit dem Spezialisten hier vor Ort klären soll.«

Der Gynäkologe nickte und stand auf.

»Wir haben ja noch etwas Zeit«, meinte er und öffnete die Tür zum benachbarten Untersuchungszimmer.

»Aber jetzt schauen wir erst einmal, wie es Ihrem Baby geht.«

Neugierig sah Christian auf den Monitor, während Doktor Jensen den Schallkopf über Nicoles Bauchdecke bewegte. Ein Lächeln hatte sich in seinem Gesicht festgesetzt, auch Nicoles Miene hellte sich endlich wieder auf.

»Also, die Entwicklung ist altersgemäß«, meldete sich der Gynäkologe zu Wort.

»Auch die inneren Organe sind unauffällig.«

Vorsichtig atmete Nicole auf.

»Dann haben meine Herzprobleme keinen Einfluss auf das Baby?«, fragte sie unsicher.

Christian hatte eine ähnliche Frage auf den Lippen gehabt und nickte deswegen nur.

»Meine Kollegen haben Ihnen Medikamente verschrieben, die keinen negativen Einfluss auf die Entwicklung Ihres Kindes haben sollten«, erklärte der Arzt und veränderte die Einstellung am Ultraschallgerät zu 3D.

»Sehen Sie mal«, meinte er lächelnd und drehte

den Schallkopf so, dass sie das Gesicht des Babys sehen konnten.

Christians Herz machte einen Satz. Das war sein Kind. Das Beste von ihm und Nicole. Er wurde Vater. Noch immer fühlte es sich mehr als unwirklich an. Und wenn er so in das kleine Gesichtchen sah verstummten endlich auch die Zweifel, die zuletzt Ariana gesät hatte, ob das Baby wirklich von ihm war.

»Können Sie uns eigentlich schon sagen, was es wird?«, wollte er neugierig wissen.

»Es wird ein Junge«, freute sich Nicole mit einem breiten Lächeln und setzte sich ächzend auf den Beifahrersitz.

Mehr als ein Nicken brachte Christian gerade nicht zustande. Er bekam einen kleinen Sohn. In bereits zwei Monaten.

Lächelnd zog Nicole das Ultraschallbild aus ihrer Handtasche und strich mit den Fingerspitzen über das Gesicht des Babys.

»Er sieht so süß aus«, flüsterte sie verzückt.

»Er ist perfekt.« Christian griff nach Nicoles Hand und drückte einen Kuss auf die weiche Haut ihres Handrückens. »Du machst ihn perfekt.«

Nicole lächelte zärtlich. »Ich gebe mein Bestes.« Sie sah Christian mit Tränen der Freude und der Verzweiflung in den Augen an.

»Ich werde alles geben, dass unser Sohn gesund

auf die Welt kommt. Und wenn es das Letzte ist, das ich tue.«

Ihre Worte trafen Christian bis ins Mark.

Nicole würde ihr Leben für das des Babys geben. Obwohl sie den Kleinen noch kaum kannte. Sie … Energisch räusperte sich Christian und steckte den Zündschlüssel ins Schloss.

»Ihr beide werdet es schaffen«, bemühte er sich um Zuversicht. Er war nicht bereit, Nicole gehen zu lassen und doch musste er sich mit diesem Gedanken auseinandersetzen. Aber nicht jetzt. Nicht heute. Heute ging es Nicole einigermaßen gut. Sie waren zusammen. Das war es, was zählte. Zumindest für den Moment.

»Dann glaubst du, dass du es nicht schaffen könntest?«, wagte sich Christian beim Mittagessen im Restaurant unweit der Wiener Universitätsklinik doch noch einmal an das Thema nach ihrem Besuch in der Frauenarztpraxis.

Stumm sah Nicole von ihrem Teller auf.

»Meine Überlebenschancen sind nicht unbedingt die Besten«, seufzte sie bekümmert. »So gesehen bin ich eigentlich nur realistisch, wenn ich sage, dass ich das nächste Jahr möglicherweise nicht mehr erlebe.«

Christian schluckte schwer. Mit dieser ehrlichen Antwort hätte er so nicht gerechnet.

»Das heißt nicht, dass ich nicht kämpfen werde,

denn das tue ich definitiv«, legte Nicole nach und griff nach seinen Händen. »Aber ... es gibt einige Komplikationen, die ...«

Mit flehender Miene legte Christian ihr den Zeigefinger an die Lippen.

Ihre Worte taten ihm weh.

Führten ihm vor Augen, wie schnell er Nicole verlieren könnte.

Und damit wollte er sich nach dem Hochgefühl von der Ultraschalluntersuchung gerade nicht beschäftigen.

Er wusste, dass er das tun sollte.

Aber nicht hier. Und nicht jetzt.

Kapitel 14

Nach ein paar Tagen zu Hause hatte Christian das Kofferchaos soweit beseitigt.

Die letzte Fuhre Wäsche drehte gerade ihre Runden in der Waschmaschine, während Christian die Unordnung in der großen Küche beseitigte. Das schmutzige Geschirr in die Spülmaschine, der Müll in Beuteln schon mal an die Wohnungstür.

»Denkst du daran, dass wir nachher mal in den Babymarkt fahren wollten?«, rief Nicole vom Sofa aus.

»Wir sollten wirklich bald mal anfangen, die Erstausstattung einzukaufen. So lange ist es nicht mehr hin und wenn du erst einmal mit Proben angefangen hast ...«

Christian runzelte die Stirn und lehnte sich mit verschränkten Armen an den Türrahmen.

»Das mag sein«, seufzte er.

»Aber ich vermute, dass dir ein Shoppingtrip einfach zu viel wird. Du hast den Kardiologen am Dienstag gehört, dein Zustand ...«

»Das kannst du doch gar nicht wissen.« Nicole

schälte sich aus ihrer Decke und kam langsam auf die Füße.

»Was ich aushalte oder nicht entscheide immer noch ich.«

Kopfschüttelnd schloss Christian seine Freundin in die Arme.

»Du weißt aber schon noch, dass du gestern nur mit Ach und Krach in die Wohnung gekommen bist …? Und du erinnerst dich daran, wie schnell dein Zustand in Hamburg abgesackt ist?«

Nicole hatte sich letztlich durchgesetzt, was den Einkaufsbummel anging. Ihr Freund sah das Ganze deutlich kritischer, doch er wusste, dass eine weitere Diskussion jetzt keinen Sinn machte. Allerdings war er fest entschlossen, Nicole bei den geringsten Anzeichen von Erschöpfung sofort ins Auto zu setzen und nach Hause zu fahren.

»Ich hab da in den letzten Tagen mal geschaut, was wir alles brauchen«, begann Nicoles Redefluss schon, bevor Christian seinen Wagen überhaupt auf die Hauptstraße lenken konnte.

»Also wir müssen unbedingt Kleidung ab Größe 50/56 einkaufen, dazu brauchen wir noch …«

Christian unterdrückte ein Seufzen und hörte weg, um sich auf den Stadtverkehr zu konzentrieren.

Nicoles extreme Stimmungen stressten ihn langsam: Entweder war Nicole voller Tatendrang und plante alles Mögliche fürs Baby, oder sie lag matt auf dem Sofa und ignorierte alles um sich herum. Es war anstrengend.

»Aber einen Kinderwagen holen wir heute unbedingt«, drang Nicoles Stimme wieder an sein Ohr.

»Und ein Beistellbettchen brauchen wir, hab ich gelesen.«

Kopfschüttelnd bog Christian auf den Parkplatz des Babymarktes ab und stellte den Motor aus.

»Wir schauen mal, wie lange du durchhältst und was wir finden«, meinte er unverbindlich und zog den Zündschlüssel ab.

Sie hatten den Markt noch nicht einmal richtig betreten, da kam bereits eine übermotivierte Verkäuferin auf sie zu.

»Wie kann ich Ihnen helfen?«, wollte sie wissen und musterte das Paar vor sich mit geübtem Blick. »Eine Erstausstattung?«

Insgeheim war Christian sogar froh über dieses Angebot, denn so würden Nicoles Pläne wohl in sinnvolle Bahnen gelenkt werden.

»Da sind Sie hier goldrichtig«, flötete die Verkäuferin in fröhlichem Singsang und tänzelte beinahe vor Nicole und Christian durch die Gänge zwischen den Regalen.

»Wie wäre es mit einem Kinderwagen?«, warf

Christian ein.

»Da haben wir wunderbare Angebote«, frohlockte die junge Frau, deren Namensschild sie als Nancy Weber auswies.

»Schauen Sie allein mal diesen Wagen hier. Unser Topseller, der wächst quasi mit.« Sie deutete auf einen schwarzen Kinderwagen, bei dem man die Tragetasche gegen einen Autositz austauschen konnte.

»Und Sie haben gleich einen Sitz fürs Auto.« Unschlüssig strich Christian über den Griff.

»Na schön«, meinte er wenig enthusiastisch und bewegte den Wagen probeweise vor und zurück.

»Eine große Tasche und ein Einkaufskorb, das ist immer praktisch«, fuhr Nancy Weber fort und sah sich die Verschlüsse an.

»Und zusammenlegen können Sie den auch ganz einfach.«

Christian seufzte und hob eine Augenbraue, während die Verkäuferin den Kinderwagen komplett zusammenfaltete und wieder auseinander baute.

»Was meinst du?«, wollte er von Nicole wissen, die nur mit abwesender Miene nickte.

»Den können wir schon nehmen«, meinte Nicole teilnahmslos, doch Nancy Weber hörte einfach darüber hinweg.

»Sehr schön, dann hole ich ...«

»Lassen Sie es bitte gut sein, wir müssen nochmal darüber nachdenken«, würgte Christian die Frau schließlich unsanft ab und nahm Nicole so in den Arm, dass er sie einigermaßen unauffällig stützen konnte – denn seine Freundin konnte sich gerade nur mit Müh und Not auf den Beinen halten.

»Wir kommen in den nächsten Tagen nochmal.« Mit einem unverbindlichen Lächeln führte er seine Freundin zum Ausgang und bugsierte sie vorsichtig auf den Beifahrersitz.

»Sag bitte nichts«, stöhnte Nicole, als Christian sie in den ersten Stock zu ihrer Wohnung hochtrug.

»Ich weiß, dass der Ausflug dumm war.«

»Schon okay.« Ächzend schloss Christian die Wohnungstür auf und trug Nicole zum Sofa, wo er sie schließlich sanft ablegte und sich neben sie setzte.

»Aber irgendwie hatte ich vermutet, dass das passieren würde.«

»Wir brauchen trotzdem eine Erstausstattung«, hielt Nicole matt dagegen und bettete den Kopf auf seinen Oberschenkel.

»Und so viel Zeit haben wir nicht mehr …« Betrübt strich sie sich über den Bauch.

»Außerdem hast du Doktor Jensen gehört, es kann gut sein, dass sie das Baby früher auf die Welt holen müssen.«

»Aber ...«

»Und wie schnell sich an meinem Zustand was ändert haben wir in den letzten Wochen mehr als einmal mitbekommen«, seufzte Nicole.

»Wir werden das schon schaffen«, bemühte sich Christian um Zuversicht.

Er streckte sich nach dem Tablet auf dem Wohnzimmertisch und reichte es seiner Freundin.

»Was hältst du davon, wenn wir das Shopping in die virtuelle Welt verlegen?«

Endlich huschte ein kleines Lächeln über Nicoles blasses Gesicht, dann rief sie den Onlineshop des Babymarktes auf.

»Du weißt, was wir brauchen?«, vergewisserte sich Christian leicht überfordert und sah neugierig auf den Bildschirm.

Doch schon jetzt war ihm klar, dass das ein teures Vergnügen werden würde. Aber Nicole hatte recht: Sie mussten sich wirklich um die Erstanschaffungen kümmern, denn noch konnte niemand sagen, wann das Baby auf die Welt kommen würde.

Kapitel 15

Die Tage zusammen mit Nicole zu Hause hatten Christian gut getan, ihn aber auch angestrengt und teilweise an den Rande der Verzweiflung gebracht. Klar war es für sie beide immer wieder schwierig, nach monate- oder jahrelanger räumlicher Trennung wieder zusammenzuwohnen und sich in den ersten Tagen wieder zusammenzuraufen, aber dieses Mal gab es noch Nicoles Gesundheitszustand, der zu kleineren und größeren Streitigkeiten führte. Denn Nicole beschäftigte sich überwiegend stumm mit diesem Thema, während Christian zahlreiche Fragen auf der Zunge lagen.

Der Probenbeginn heute kam ihm also mehr als gelegen, denn so konnte er sich endlich mit etwas anderem beschäftigen als Arztbesuchen, Herzerkrankungen und der Frage, wie es weitergehen sollte, falls Nicole nicht überleben würde. Er wollte seine Freundin nicht verlieren, allein der Gedanke daran ließ sein Herz schwer werden. Er weigerte sich zu akzeptieren, dass dies durchaus eine nicht unwahrscheinliche Möglichkeit war, wie Nicoles Erkrankung verlaufen könnte.

Müde erreichte Christian das Wiener Ronacher, eines der großen Musicaltheater der Stadt, wo sich gleich die Cast – alle beteiligten Darsteller und Tänzer – zum ersten Mal treffen würde, um in den nächsten sechs Wochen die Neuinszenierung von *Das Tor zur Hölle* einzustudieren.

»Schlecht geschlafen?« Auf den letzten Metern zum Bühneneingang schloss Ariana Weller zu Christian auf und musterte ihn prüfend.

»Wie geht es Nicki?«

Christian zog nur eine Grimasse und hielt seiner Kollegin die Tür auf.

»Es geht«, meinte er ausweichend und warf einen Blick auf sein Handy. Keine Nachricht von Nicole, das war an sich eigentlich gut. Schließlich hatte sie sich nach einem gemeinsamen Frühstück wieder ins Bett gekuschelt. Bestimmt schlief sie inzwischen wieder tief und fest.

»Na?« Joe Zellner – auf der Bühne Christians größter Widersacher, im Privaten eher ein guter Freund – kam ihnen entgegen. »Wie war der Umzug? Frisch erholt? Wie geht es Nicole?«

Christian seufzte. Der Kollege war ihm für diese frühe Stunde und seinen Gemütszustand einfach zu gut gelaunt – aber so kannte jeder den Halbitaliener mit den rabenschwarzen Locken und dem spitzbübischen Lächeln auf den Lippen. Seit über zwei Jahren arbeiteten und lebten sie zusammen und noch nie hatte Christian Joe schlecht gelaunt erlebt. Ob er überhaupt wusste, wie das ging? Oder war er einfach nur auf gute Laune programmiert?

Nebeneinander betraten sie die Kantine, wo Mathias Francke und Regisseur Herbert Stangl gleich den Probenplan für die nächsten Wochen mit ihnen durchsprechen würden.

Die erste Gesangsprobe hatte Christian mit Anstand hinter sich gebracht, jetzt war erst einmal Mittagspause angesagt. Das Tanzensemble wurde noch im großen Trainingsraum mit neuen Choreografien gequält, sodass die Sänger erst einmal unter sich waren.

»Denkt ihr daran, heute Nachmittag habt ihr alle Termine bei den Kostümbildnern zum Maße nehmen«, rief Mathias Francke im Vorbeigehen und steuerte selbst das Buffet an.

»Ich bin ja mal gespannt, wie sich die Kostüme verändern werden«, stellte Joe Zellner zwischen zwei Bissen fest, doch Christian war in Gedanken schon wieder woanders. Nicole hatte sich immer noch nicht gemeldet. Schlief sie noch? Oder ging es ihr nicht gut? War etwas passiert?

»Du wirst wohl keine große Veränderung erleben«, stichelte Ariana. »Du trägst wieder eine knappe Hose und eine große Keule.«

Francesco – der sich als Zweitbesetzung des Teufels wieder die Spieltermine mit Christian teilen würde – lachte ob der Zweideutigkeit dieser Aussage hell auf, Christian reagierte gar nicht und verließ die Kantine mit dem Handy am Ohr. Er musste hören, dass es Nicole gut ging, sonst würden ihn diese Gedanken wohl gar nicht mehr in Ruhe lassen.

»Du bist zu spät«, bemerkte Mathias Francke ungnädig, als Christian fünf Minuten nach Beginn der Einzelprobe in den Raum schlüpfte.

Ariana legte den Kopf schief und musterte Christian nachdenklich.

»Tut mir leid«, entschuldigte sich Christian knapp, legte Handy, Noten und die Wasserflasche auf das Fensterbrett und wandte sich dann seinen Kollegen zu.

»Wir proben die Schlussszene zwischen Nubis und dem Teufel gleich mit Schauspiel«, stellte Regisseur Herbert Stangl einleitend fest, wartete kurz, bis Ariana und Christian ihre Positionen eingenommen hatten, und gab dann dem Pianisten den Einsatz.

Mit durchgedrücktem Rücken stand Christian da und sah Ariana als Teufel voller Verlangen an. Sein Brustkorb hob und senkte sich in freudiger

Erwartung.

»Ich habe auf dich gewartet«, stieß er mit rauer Stimme hervor und neigte den Kopf leicht zur Seite.

»Ich gehöre nur dir.« Ariana alias Nubis rutschte auf die Kante des – auf der Bühne prunkvollen, schwarzen – Bettes und richtete sich auf. »Du bist mein Held, mein Herrscher, mein Geliebter.« Sie kam auf die Füße und mit wiegenden Schritten auf ihn zu. Das lange Haar umschmeichelte ihre Figur.

»Nur der Gedanke an dich hat mich am Leben gehalten«, gestand Christian, ganz gefangen von ihrer Erscheinung. »Du bist alles für mich.«

Nubis lächelte und legte ihre zierlichen Hände auf seine Brust.

Ihre Berührung durchfuhr Christian wie ein Stromstoß. Ihre Wärme, die Sanftheit dieser Geste. Nur mit Mühe blieb er in seiner Rolle.

Er warf seinen im Moment noch imaginären Dreizack von sich, zog die Dämonin ruckartig an seine Brust und drängte sie dann rückwärts auf das Bett zu, wie es das neue Drehbuch verlangte. Ohne den Blickkontakt zu unterbrechen sank Nubis auf das Bett und zog ihn mit sich. Sie verzog das Gesicht zu einem zärtlichen Lächeln und küsste ihn dann.

Dass sie damit seine Beherrschung auf eine harte Probe stellte, war ihr wohl nur zu bewusst. Im

Gegensatz zum fast schon keuschen Theaterkuss vertiefte Ariana diese Begegnung und kam ihm bereits mit der Zunge entgegen, während ihre Beine seine Hüfte umschlossen.

Der Regisseur beendete die Szene einen Moment später und klatschte zufrieden.

»Der Schluss gefällt mir sehr gut«, stellte er wohlwollend fest. »Aber lasst uns noch einmal zum Anfang der Szene gehen. Der Dialog darf ruhig noch etwas leidenschaftlicher werden. Christian, du kommst gerade von einem Feldzug zurück und hast dich nach Nubis verzehrt. Im Grunde bist du kurz davor, die Beherrschung zu verlieren. Und du, Ariana, du brauchst noch etwas mehr Ehrfurcht vor seiner Erscheinung. Erst nach seinen ersten Sätzen dürfen die Leidenschaft und das Verlangen durchkommen.«

Die beiden Darsteller nickten und gingen zurück auf ihre Positionen.

Das Herz schlug heftig Christians Brust, seine Gedanken wanderten wieder zum Kuss, der ihn definitiv erregt hatte. Nur, was bezweckte Ariana mit ihrem Verhalten? Sie wusste doch, dass er Nicole kurz vor der Geburt ihres gemeinsamen Kindes nicht verlassen würde. Da hatte er sich doch mehr als klar ausgedrückt.

Kapitel 16

Christian stand gerade mit ausgebreiteten Armen
in der Näherei des Theaters, eine gut gelaunte
Kostümbildnerin passte sein neues Kostüm ein
letztes Mal an, als auf einmal sein Handy klingelte. Schon seit Probenbeginn hatte er das Smart-
phone immer in Reichweite, um jederzeit reagieren zu können, sollte es Nicole schlechter gehen.
Der Regisseur hatte ihm diese Ausnahmeregel
nach einem kurzen Gespräch zähneknirschend
genehmigt, denn hier im Theater waren alle Kre-
ativen keine großen Freunde von technischen
Störenfrieden.

»Da muss ich rangehen«, stellte Christian unruhig fest, während die Kostümbildnerin immer
noch an seinen Ärmeln herumzupfte. Vorsichtig
– schließlich steckten noch dutzende Stecknadeln im Stoff – griff er nach dem Handy und hielt
sich das Telefon mit erhobenen Händen ans Ohr.
»Rückert?«, meldete er sich mit klopfendem
Herzen, denn es wurde eine unbekannte Wiener
Nummer angezeigt.

»Herr Rückert?«, meldete sich eine Frauenstimme, weitere Stimmen waren im Hintergrund zu hören. »Es geht um Ihre Lebensgefährtin, Frau Jorgensen.«

»Ja?« Mit einem Mal hatte sich ein dicker Kloß in seinem Hals gebildet. »Was ist mit ihr?«

»Frau Jorgensen wurde gerade mit dem Notarzt eingeliefert«, berichtete die Frau, ohne sich näher vorzustellen. »Es ist besser, wenn Sie gleich ins AKH kommen.«

Schockiert ließ Christian das Handy sinken. Nicole war wieder im Krankenhaus? Warum? Was war geschehen, nachdem es ihr heute Morgen doch noch gut gegangen war?

Die Kostümbildnerin bedachte den Hauptdarsteller mit einem fragenden Blick, dann vollendete sie ihre Nacharbeiten am Kostüm.

»Wir haben es, Herr Rückert«, meinte sie und half ihm aus dem Oberteil.

Rasch zog sich Christian wieder um und eilte dann durch die langen Gänge auf der Suche nach Mathias Francke.

Eigentlich hätte er heute Nachmittag noch eine Einzelgesangsprobe, aber das ließe sich bestimmt auch auf den Folgetag verschieben.

Erst in der Kantine im obersten Stock wurde Christian endlich fündig. Keuchend klopfte er an den Türrahmen und machte den Abendspielleiter so auf sich aufmerksam, nachdem der zuvor auf die Papiere vor sich konzentriert gewesen war.

»Mathias? Ich muss dringend los«, kam Christian ohne Umschweife zum Thema.

»Ich weiß, ich hätte gleich noch meine Gesangsprobe, aber das lässt sich doch bestimmt auf morgen verschieben.« Er atmete tief durch, der Treppensprint eben war wohl doch etwas zu schnell gewesen.

Irritiert sah der Abendspielleiter auf und musterte seinen Hauptdarsteller, der etwas aufgelöst wirkte.

»Was ist denn los?«, fragte er mit ruhiger Stimme und lehnte sich in seinem Stuhl zurück.

»Meine Freundin wurde eben ins Spital eingeliefert, mehr kann ich dir auch nicht sagen«, blieb Christian bei der Wahrheit und drehte sein Handy in seinen Händen.

»Die Ärztin meinte nur, ich soll dringend zu Nicki kommen.«

»Warst du schon bei der Kostümanprobe?« Mathias sah auf die Uhr.

Ungeduldig nickte Christian, schon in den Startlöchern, sofort ins AKH Wien zu fahren.

»Na gut, ausnahmsweise.« Der Abendspielleiter sah ein, dass er mit Christian so nicht würde arbeiten können.

»Aber morgen unterhalten wir uns mal in Ruhe. Mir sind da ein paar Themen zu Ohren gekommen und ich möchte gerne deine Sicht der Dinge hören.« Er zog die Papiere wieder näher zu sich heran.

»Alles Gute deiner Freundin und wir sehen uns morgen in der Früh zum Gesamtdurchlauf.«

Erleichtert stürmte Christian die Treppe immer zwei Stufen auf einmal nehmend hinunter schnappte sich seine Tasche aus dem Aufenthaltsraum und rannte dann auf die Straße.

Am Hotel gegenüber warteten immer Taxen, in das erste wartende Fahrzeug sprang Christian und nannte dem Fahrer sein Ziel.

Schon rauschte der Mercedes auf die Ringstraße. Christian starrte nur auf die Straße und knetete seine Finger.

Was fehlte Nicole? Warum war sie wieder im Krankenhaus? Hatte sie den Rettungsdienst gerufen?

Fragen über Fragen und er hoffte inständig, dass er bald zumindest ein paar Antworten bekam.

Endlich kam das Taxi auf dem Platz vor dem Spital zum Stehen, Christian bezahlte mit großzügigem Trinkgeld und hastete in das Foyer der Klinik. Irgendwie kam es ihm so vor als wäre es erst gestern gewesen, dass er ähnlich angstvoll in Hamburg in die Uniklinik geeilt war. Welche Hiobsbotschaften erwarteten ihn heute?

Eine freundliche Empfangsmitarbeiterin schickte Christian schließlich zur Intensivstation, an deren Eingang kurz darauf Doktor Philipp, Nicoles Kardiologe, erschien und ihn mit ernster Miene begrüßte.

»Herr Rückert«, erkannte ihn der Mediziner sofort. »Gut, dass Sie so schnell kommen konnten.«

»Was ist mit Nicki?«, wollte Christian angstvoll wissen.

»Ihre Lebensgefährtin wurde vor einer guten Stunde mit dem Notarzt eingeliefert, nachdem sie über starke Schmerzen in der Brust und Schwindel geklagt hat. Beim Eintreffen in die Klinik war Frau Jorgensen bewusstlos, aber stabil«, berichtete der Herzspezialist sachlich, jedoch schwang Besorgnis in seiner Stimme mit.

»Wie es aussieht, hat Frau Jorgensen einen Herzinfarkt erlitten, unser Chefarzt entfernt gerade die Blockade.«

Seine Worte kamen gar nicht richtig bei Christian an. Zusammenbruch. Herzinfarkt. Operation.

»Was ist mit dem Baby?«, wollte Christian zusammenhangslos wissen.

»Die Kollegen aus der Geburtsmedizin sind alarmiert und können das Baby jederzeit auf die Welt holen«, versuchte Doktor Philipp, Christian irgendwie zu beruhigen, doch das wollte ihm kaum gelingen.

»Und wie stehen Nickis Chancen?« Christian sah

ihm starr in die Augen. Er hatte Angst vor der Antwort des Herzspezialisten. Zwar waren sie auch in Hamburg durch Höhen und Tiefen gegangen, doch nie hatte sich Nicoles möglicher Tod so nah angefühlt.

»Wir müssen den Eingriff abwarten«, blieb Doktor Philipp unverbindlich und griff nach dem klingelnden Handy in seiner Kitteltasche.

»Entschuldigen Sie mich bitte für einen Moment.« Schon ließ er Christian alleine zurück und verschwand um die nächste Ecke.

Christian war es, als würde die Zeit stehen bleiben. Immer langsamer bewegte sich der Zeiger der großen Uhr im Flur und noch immer war Doktor Philipp nicht zurückgekehrt. Seufzend machte Christian kehrt und wanderte wieder in Richtung der matten Glastür, die die Intensivstation vom Flur und dem Wartebereich abgrenzte.

Über eine Dreiviertelstunde war inzwischen vergangen und mit jeder Minute mehr wuchs auch Christians Anspannung und Angst um Nicole.

Er wollte mit ihr kämpfen, eine Familie werden, ihren gemeinsamen Sohn kennenlernen und aufwachsen sehen. Wie sollte das denn ohne Nicole funktionieren? Er brauchte sie doch!

»Herr Rückert?« Doktor Philipp kam mit zwei Kollegen an seiner Seite auf den Musicaldarsteller zu.

Stumm versuchte Christian, irgendetwas in der Mimik der Ärzte zu lesen, doch er scheiterte kläglich. Zu sehr drehten sich seine Gedanken nur um Nicole und ihren gesundheitlichen Zustand. In der Wartezeit hatte er sich schreckliche Szenarien ausgemalt, ohne dass er irgendetwas dagegen tun hatte können. Es war, als hätte sein Hirn automatisch Verknüpfungen zwischen Nicoles Erkrankung und allen möglichen Informationen, die am Rande etwas damit zu tun hatten, erstellt.

»Ich bin Professor Hanke«, stellte sich der zweite Arzt vor, bot ihm einen Platz in der Warteecke an und setzte sich ihm gegenüber.

»Ich habe Ihre Freundin eben operiert«, berichtete der Chefarzt und fuhr sich mit beiden Händen übers Gesicht. Erschöpft sah er aus, fiel Christian auf und diese Beobachtung trug nicht gerade zu seiner Beruhigung bei. Eher im Gegenteil. Es machte ihn erst recht nervös.

Der dritte Mediziner war gleich ganz stumm geblieben und ließ erst einmal den Herzspezialisten reden, doch Christian bekam von seinen Worten kaum etwas mit. Scheinbar hatte Nicole den Eingriff überstanden, die medizinischen Erklärungen hatten ihn aber noch unruhiger werden lassen.

»Kann ich sie sehen?«, ergriff Christian nach langem Schweigen schließlich das Wort und räusperte sich.

»Bitte.« Flehend sah er zwischen den beiden Medizinern hin und her.

»Ihre Lebensgefährtin wird gerade erst auf die Intensivstation verlegt.« Professor Hanke lehnte sich in seinem Stuhl zurück und nickte dann dem unbekannten Kollegen zu.

»Herr Rückert, wir müssen mit Ihnen auch noch über Ihren Sohn sprechen«, meldete sich der blonde Arzt mit den dunklen Augenringen zu Wort. »Wir haben uns entschieden, ihn schon jetzt auf die Welt zu holen.«

»Aber ist das nicht viel zu früh?« Christian hatte inzwischen das Gefühl, den Boden unter den Füßen zu verlieren. Nicoles Leben hing am seidenen Faden, das Baby war jetzt gut zwei Monate zu früh auf die Welt gekommen … was kam als nächstes? Wie würde diese Situation für beide ausgehen? Würden sie beide überleben? Wie …

»Ihr Sohn ist acht Wochen zu früh auf die Welt gekommen, wir haben ihn deswegen auf die Intensivstation verlegt«, berichtete der Arzt, der scheinbar der Neugeborenenmedizin zuzuordnen war. »Er hatte vorhin etwas Probleme mit der Atmung, aber das bekommen wir in den Griff.«

Die Angst hatte Christian in eiskaltem Griff, als er Professor Hanke und Doktor Philipp über den langen Flur der Intensivstation folgte, der dritte Mediziner wollte ihn dann auf der Neugeborenenintensivstation erwarten und inzwischen noch einmal nach seinem jüngsten Patienten sehen.

»Für den Moment ist Ihre Freundin stabil«, meinte Doktor Philipp und betrat eines der Überwachungszimmer.

»Nicki!« Christian hastete an das Krankenbett seiner Freundin und prallte zurück, als wäre er gegen eine unsichtbare Wand gelaufen. Nicole sah aus wie ein Schatten ihrer selbst, wurde beatmet, um sie herum dutzende Infusionen, Monitore und Kabel.

»Oh Gott, Nicki!« Er griff nach ihrer eiskalten Hand und schmiegte sie an seine Wange, kämpfte gegen die Tränen und die Gefühle, die in seiner Brust tobten. Angst und Liebe. Schuld und Wut. Er war komplett überfordert mit dieser Situation.

»Ihre Lebensgefährtin ist eine Kämpferin«, stellte Professor Hanke fest. »Die nächsten Stunden werden zeigen, wie es weitergeht. Wie sich ihr Zustand stabilisiert.«

»Wird sie wieder aufwachen?«, wollte Christian tonlos wissen, konnte den Blick gar nicht von Nicoles Gesicht wenden.

Der Beatmungsschlauch, ihre blasse Hautfarbe, die puppengleichen Gesichtszüge.

Er war nicht bereit, Nicki gehen zu lassen.

Jetzt sollte ihr gemeinsames Leben doch gerade

erst anfangen. Als Familie.

»Das können wir zum jetzigen Zeitpunkt nicht beantworten.« Professor Hanke trat näher ans Bett heran und studierte die Werte auf dem Überwachungsmonitor.

Doktor Philipp brachte Christian schließlich zur Neugeborenenintensivstation, nachdem sich der Musicaldarsteller nur widerwillig von seiner Freundin hatte trennen lassen.

»Ah, da sind Sie ja. Danke, Doktor Philipp.« Der dritte Mediziner von vorhin begrüßte kurz seinen Kollegen.

»Herr Rückert, ich bin Linus Bedrich und im Moment für die Behandlung Ihres Sohnes verantwortlich.« Er führte Christian in eines der Überwachungszimmer, direkt zu einem Brutkasten.

»Hier ist Ihr Sohn«, stellte er lächelnd fest.

Der Besuch an Nicoles Krankenbett hatte Christian noch emotional in Griff, sodass er sich regelrecht zwingen musste, seinen Blick auf seinen Sohn zu richten. Wie er so dalag. Mit Elektroden auf dem Brustkorb, einen Schlauch in der Nase. Und so viel größer als er es erwartet hätte.

»Der junge Mann ist soweit gesund«, fuhr Doktor Bedrich fort und lächelte. »Seine Lunge muss sich noch fertig entwickeln, dazu ist er noch recht leicht, aber seine Ausgangslage könnte wesentlich schlechter sein.«

Christian atmete tief durch.

Doktor Bedrich dagegen öffnete eine Klappe seitlich am Inkubator.

»Sie können ihn gerne berühren«, meinte er.

Ein Lächeln stahl sich auf Christians Gesicht, als sein Sohn seinen Finger fest mit seiner winzigen Faust umschloss.

Kapitel 17

Die Nacht war schlaflos gewesen für Christian, mehrmals war er aufgeschreckt und hatte hektisch aufs Handy gesehen, doch das Gerät hatte keine neuen Nachrichten angezeigt.

Ein Albtraum jagte den nächsten, seine Angst um Nicole ließ ihn immer wieder zusammenfahren und hielt ihn in eiskaltem Griff.

Wie er mit all diesen Gedanken im Kopf überhaupt proben sollte, war ihm an diesem Morgen ein Rätsel. Dennoch fuhr er ins Theater – schließlich hatte er ja neben den Proben auch noch das Gespräch mit Mathias Francke, den er noch vor acht Uhr in seinem Büro aufsuchte.

»Ah, guten Morgen, Christian.« Überrascht sah der Abendspielleiter auf und kam um seinen Schreibtisch herum. »Ich hatte dich eigentlich nicht so früh erwartet.«

Christian zuckte nur müde mit den Schultern. Er wollte gleich auf den Punkt kommen und die wichtigen Themen, die ihm auf der Seele brannten, ansprechen.

»Okay. Was war gestern los?«, wollte Mathias Francke wissen und bot Christian einen Platz in der gemütlichen Sitzgruppe vor dem Fenster an. »Wie geht es deiner Freundin?«

Christian ließ sich seufzend in den Sessel sinken und sah dann auf seine Hände.

»Nicki hatte gestern einen Herzinfarkt«, rückte er sofort mit der Wahrheit heraus. Er musste zusehen, dass er Privatleben und Berufliches auf die Reihe bekam und dazu musste er ehrlich zu seinem Vorgesetzten sein.

»Sie liegt auf der Intensivstation im Koma, unser Sohn wurde gestern mit einem Notkaiserschnitt auf die Welt geholt und liegt auch auf der Intensivstation.« Er atmete tief durch. »Keiner kann mir im Moment sagen, wie es mit Nicki weitergeht.«

Mathias Francke ließ seine Worte auf sich wirken, blieb lange stumm.

»Ich vermute, du wirst in den nächsten Wochen mehr Zeit für dich und deine Familie brauchen?«, schlussfolgerte er aus Christians Worten.

»Ich weiß, dass ich hier einen Vertrag unterschrieben habe und ...« Endlich hob Christian den Blick.

»Ich denke, dass die Bühne eine Möglichkeit für mich ist, mit meiner privaten Situation fertig zu werden.« Er wollte nicht als Schwächling dastehen, der nichts auf die Reihe bekam, und straffte die Schultern.

»Okay. Der Abendspielleiter streckte sich zu seinem Schreibtisch und angelte nach seinem Kalender. »Ich gebe dir für heute und morgen noch einmal frei, dass du dich um deine Familie kümmern und den Kopf etwas freibekommen kannst. Am Montag binde ich dich wieder regulär in den Probenalltag ein, sehe aber zu, dass dein Plan etwas komprimierter ist und du somit noch Zeit hast, ins Spital zu fahren.«

»Danke.« Christian brachte sogar so etwas Ähnliches wie ein Lächeln zustande.

»Aber ich kann ohnehin erst am Nachmittag zu Nicole, für heute Vormittag sind weitere Untersuchungen geplant. Ich möchte also meine Gesangsprobe von gestern nachholen.«

»Okay.« Mathias Francke nickte, doch seine Miene sprach eine andere Sprache. »Die reguläre Probe beginnt ja erst um Zehn, wir können gleich jetzt anfangen. Der Pianist ist schon im Haus.«

»Und endlich ist es klar«, sang Christian voller Überzeugung und war doch kaum bei der Sache. Frustriert brach er ab.

Selbst die Töne traf er gerade nur zur Hälfte, von den Emotionen ganz zu schweigen.

Der Pianist sah hochkonzentriert auf die Tasten seines Instruments, während Mathias Francke mit gerunzelter Stirn in der Partitur blätterte.

»Wir brechen an der Stelle ab«, entschied der Abendspielleiter und klappte das Buch vor sich mit einem lauten Knall zu.

»Das hat keinen Sinn und Herbert wird dir das Gleiche sagen wie ich. Du bist nicht bei der Sache, dabei sollte man eigentlich erwarten können, dass du hier zumindest eine passable Performance abliefern kannst, nachdem du die Rolle seit zwei Jahren durchgehend verkörperst.«

Er sah den Hauptdarsteller ernst an und stand auf.

»Christian, bei allem Verständnis für deine private Situation, du musst dich im Theater zusammenreißen. Wir sind ein professioneller Theaterbetrieb und haben in zwei Wochen Premiere. Da können wir uns solche Darbietungen einfach nicht leisten. Und wenn du mir sagst, du kannst und willst spielen, dann erwarte ich auch eine angemessene Darbietung.«

Betreten senkte Christian den Blick, sagte jedoch nichts mehr.

Mathias hatte ja recht, aber heute ging ihm dermaßen viel durch den Kopf, dass er sich einfach nicht auf seine Rolle einlassen konnte. Zu sehr hatte ihn die Angst und die Ungewissheit um Nicole in eisigem Griff.

»Na komm, geh mit den anderen noch frühstücken, dann sehe ich dich um Zehn auf der Bühne, wir spielen den ersten Akt von vorne bis hinten durch. Da brauche ich deine volle Konzentration«, ermahnte ihn Francke und öffnete die Tür zum Flur.

Regisseur Herbert Stangl hatte deutlich weniger Verständnis für Christians Unkonzentriertheit und ihn schließlich kurz vor Mittag noch vor versammelter Mannschaft zusammengestaucht.
Während seine Kollegen zum Mittagessen in die Kantine strebten, schickte Mathias den Hauptdarsteller nach Hause beziehungsweise auf den Weg ins Spital. Weitere Proben hatten in seinem Zustand ohnehin keinen großen Sinn und so hatte der Abendspielleiter entschieden, die Proben für die Zweitbesetzung vorzuziehen.
Die gute halbe Stunde Fahrtzeit mit zwei U-Bahn-Linien vom Theater zum Allgemeinen Krankenhaus der Stadt Wien nutzte Christian, um eine Kleinigkeit zu essen.
Die desaströse Probe und den Anschiss des Regisseurs hatte er schon in der ersten U-Bahn komplett verdrängt.
Stattdessen kreisten Christians Gedanken nur um Nicole und seinen Sohn.

An der Intensivstation wurde Christian abgewiesen – Nicole sei noch bei einer Untersuchung, hatte die Schwester gesagt und ihn zu seinem Sohn geschickt. Seine Sorgen um Nicole wurden dadurch nicht gerade kleiner, aber Christian sah ein, dass es keinen Sinn machte auf dem Flur zu warten, wenn er doch gleichzeitig bei seinem Sohn sein konnte.

»Ah, Herr Rückert!« Doktor Bedrich sah mit einem Lächeln von Christians Sohn auf, als der das Überwachungszimmer auf der Neugeborenenintensivstation betrat.

Neugierig sah Christian durch die Plastikscheibe auf den kleinen Jungen. Noch immer hatte er einen dünnen Schlauch in der Nase und war über die Kabel mit den Überwachungsmonitoren verbunden.

»Sind Sie der Papa?«, wollte eine gut gelaunte Pflegerin wissen und strahlte Christian an. »Wenn Sie mögen, können Sie den Kleinen ruhig auf den Arm nehmen.«

Überfordert nickte Christian.

Linus Bedrich verließ den Raum mit dem Telefon am Ohr, doch Pflegerin Alex schenkte Christian ein weiteres strahlendes Lächeln und deutete mit dem Kinn auf einen bequem aussehenden Schaukelstuhl. »Setzen Sie sich.«

Die Schwester hatte Christian mit einer Decke zugedeckt und betrachtete Vater und Sohn versonnen. Christian dagegen konnte sein Glück kaum fassen. Sein Junge schmiegte sich vertrauensvoll an ihn, genoss den Hautkontakt. Alles an ihm war so winzig und doch perfekt. Seine kleinen Hände, der weiche Flaum auf seinem Kopf. Er war wunderschön.

»Haben Sie sich eigentlich schon Gedanken über den Namen gemacht?«, wollte Pflegerin Alex behutsam wissen und riss Christian aus seiner Versunkenheit. Für den Moment fühlte es sich einfach richtig an. Seine Gedanken drehten sich für einen winzigen, kostbaren Moment nur um den kleinen Menschen an seiner Brust. Und endlich waren die finsteren Gedanken verstummt, ob er wirklich der Vater des Jungen war. Sein Gefühl konnte ihn doch nicht so täuschen, oder?

»Wir wollten uns entscheiden, wenn wir ihn kennengelernt haben«, murmelte Christian. Unwillkürlich sprach er leiser, als wollte er das Baby nicht aufwecken. »Und jetzt weiß ich nicht einmal, ob wir diese Entscheidung gemeinsam treffen können.« Er schluckte. »Niemand kann mir sagen, ob Nicki ihn kennenlernen wird. Ob sie aufwacht. Ob sie gesund wird.«

Er gab dem Neugeborenen einen vorsichtigen Kuss auf den weichen Haarflaum. Rabenschwarze Haare hatte er, wie seine Mutter.

Die anderthalb Stunden mit seinem Sohn hatten Christian ruhiger werden lassen, doch davon war nichts mehr zu spüren, als er das Überwachungszimmer auf der Intensivstation betrat. Das Herz schlug ihm bis zum Hals, als er an Nicoles Bett herantrat. Sie sah genauso aus, wie er sie am Vorabend verlassen hatte. Blass. Puppengleich. Inmitten zahlreicher medizinischer Geräte. Ohne Bewusstsein.

Doktor Philipp betrat den Raum direkt hinter Christian und betrachtete zunächst die auf dem Monitor angezeigten Werte, ehe er sich Christian zuwandte.

»Wie sieht es aus?«, wollte der Musicaldarsteller tonlos wissen. Er war starr vor Angst. Wenn er ehrlich war wollte er auch gar nicht genau wissen, was der Mediziner zu sagen hatte. Vermutlich würde er mehr als die Hälfte seiner Worte ohnehin nicht verstehen.

»Ihr Zustand hat sich über Nacht zwar etwas stabilisiert, aber ihr Herz ist schwer angeschlagen«, informierte ihn der Kardiologe mit sorgenvollem Unterton. »Das bedeutet, wir werden Ihre Lebensgefährtin vorerst im künstlichen Tiefschlaf halten, damit sich ihr Herz erholen kann.«

»Und ... und wie lange wird das dauern?«, stammelte Christian überfordert.

»Das lässt sich nie vorhersagen, jeder Mensch reagiert anders.« Doktor Philipp verschränkte die Arme hinter seinem Rücken.

»Im Falle Ihrer Lebensgefährtin kommt leider erschwerend hinzu, dass das Herz bereits vorgeschädigt ist.« Er räusperte sich. »Wir müssen abwarten.«

Unbefriedigt nagte Christian an seiner Lippe.

»Aber man muss doch irgendetwas tun können«, wandte er ein. »Es gibt doch heute so viele Möglichkeiten, warum ...?«

»Selbst die besten medizinischen Möglichkeiten können den Heilungsprozess nicht beschleunigen«, erklärte Doktor Philipp geduldig.

»Und Sie sind nicht der Einzige, der die Wartezeit gern deutlich verkürzen würde. Auch mir wäre es lieber, ...« Er brach ab und zog das klingelnde Telefon aus seiner Kitteltasche.

»Entschuldigen Sie mich bitte.« Er schenkte Christian noch ein Lächeln und ließ ihn dann mit Nicole alleine.

Eine Nachricht von seinem Bruder veranlasste Christian schließlich zu einem Anruf bei seiner Familie in Nürnberg. Seine Eltern und seine Geschwister hatten sich für die anstehende Premiere zu einem verlängerten Wochenende in Wien angekündigt und wollten laut Alexander nun noch einmal die Eckdaten mit ihm abklären.

»Na wer hat denn da die alte Heimat nicht vergessen«, wollte Christians Vater amüsiert wissen. Diese Aussage bekam Christian bei jedem seiner Anrufe seit über zehn Jahren zu hören und seinem Vater wurde dabei augenscheinlich nicht langweilig. »Wie geht es dir mein Junge?«

»Alex meinte, ihr wolltet nochmal die Termine für euren Besuch in drei Wochen in Wien absprechen?«, überging Christian die Frage nach seinem Befinden geflissentlich und ließ sich aufs Sofa fallen.

»Ähm ja.« Gunther Rückert räusperte sich.

»Wir haben uns noch einmal beraten und sind uns jetzt dahingehend einig, dass wir alle am Donnerstag anreisen, am Freitag ist ja dann die Premiere. Alexander muss allerdings schon am Sonntag zurückfliegen wegen seiner Praxis, aber Jens, Andreas, deine Mutter und ich werden noch bis Dienstag bleiben. Da haben wir auch etwas Zeit für Nicole und dich.«

Christian schloss die Augen. Die Idee war an sich gut – würde es Nicole nicht so schlecht gehen.

»Ich glaube, ich muss euch da noch etwas erzählen«, begann er und kniff sich in den Nasenrücken. Bisher hatte er seinen Eltern nur vage berichtet, dass Nicole nicht ganz fit war. Und dass sie ein Kind erwarteten. Wie sich die Ereignisse seither entwickelt hatten, davon wussten Christians Eltern hingegen noch nichts.

»Ihr seid gestern zum ersten Mal Großeltern geworden.«

Überrascht blieb Gunther Rückert stumm, dann hörte Christian auch die Stimme seiner Mutter im Hintergrund.

»Das Baby ist schon da?«, meldete sich Claudia

Rückert überrascht zu Wort und übernahm den Geräuschen nach das Telefon.

»Wie geht es Nicole und meinem Enkel?«

Christian räusperte sich. »Das ist die schlechte Nachricht.« Mit brüchiger Stimme berichtete er seinen Eltern von den Ereignissen der letzten Tage.

»Du wolltest mich sprechen?«, fragte Alexander Rückert überrascht, nachdem Christian seinen Eltern zuvor einen kurzen Überblick gegeben hatte.

Christian räusperte sich.

»Nicki hatte einen Herzinfarkt«, informierte er Alexander.

»Scheiße.« Alexander atmete hörbar ein und aus. »Wie geht es ihr denn jetzt? Was sagen die Ärzte?«

»Sie liegt im Koma und sie haben das Baby geholt«, seufzte Christian bekümmert. »Beiden geht es den Umständen entsprechend, wie man nicht müde wird, mir zu versichern. Aber ich sehe doch, wie sie daliegt. Wie wenig sie mit meiner Nicki zu tun hat.«

Alexander seufzte. Er erlebte derartige Situationen nicht zum ersten Mal. »Warten wir doch erst einmal ab, wie sich Nicki erholt, Christian. Vertrau auf ihren Kampfgeist.«

»Weißt du, was sie zu mir kurz nach unserer Ankunft in Wien gesagt hat? Sie will dieses Baby unbedingt, und wenn es das Letzte ist, das sie tut.« Er schüttelte den Kopf. »Als hätte sie da schon einen Teil ihres Kampfgeistes verloren. Als wollte sie gar nicht kämpfen.«

»Chris ... das ist Blödsinn und das weißt du auch.« Der Arzt in seinem Bruder hatte sich inzwischen durchgesetzt. »Nicki liebt dich. Sie hat dir einen Sohn geschenkt. Jetzt musst du aber auch das Vertrauen in sie haben, dass sie sich wieder erholt. Und bei der Schwere ihrer Erkrankung wird das seine Zeit dauern.«

Schon wieder nagte Christian an seiner Unterlippe. »Wenn ich nur absolut sicher wäre, dass es auch mein Sohn ist«, sprach er diesen Gedanken zum ersten Mal laut aus.

Sein Bruder blieb blieb eine ganze Weile lang stumm.

»Du meinst, Nicki ist wie du gelegentlich zweigleisig unterwegs?«, fragte er vorsichtig.

Christians Seufzen war ihm Antwort genug.

»Jetzt warte doch erst einmal ab, wie es Nicki in den nächsten Tagen geht«, meinte Alexander, um das Thema nicht weiter zu vertiefen. Er selbst war seit nunmehr neun Jahren glücklich verheiratet und konnte die Sprunghaftigkeit seiner Brüder – egal ob Christian oder Andreas – in dieser Hinsicht nicht unbedingt nachvollziehen.

»Ich wurde auch darauf hingewiesen, dass ich als nicht verheirateter Vater die Vaterschaft noch anerkennen muss«, bemerkte Christian und erinnerte sich an das Gespräch mit Doktor Bedrich zu diesem Thema. »Aber wenn ich die Vaterschaft anerkenne und nicht der Vater bin ist das doch auch …« Er brach ab.

»Aber andererseits fühlt es sich einfach so richtig an mit dem Kleinen.« Er legte den Kopf in den Nacken. »Was soll ich denn jetzt machen?«

»Ich vermute, das wird dir Nicki auch nicht zwangsläufig sagen können«, brummte Alexander. »Endgültig lässt sich das dann nur durch einen DNA-Test klären.«

Christian verzog das Gesicht. Machte er damit nicht aus einer Mücke einen Elefanten? Sollte er Nicki und seinem Gefühl mit dem Kleinen im Arm nicht einfach vertrauen und es dabei belassen?

»Welche Optionen hat Nicki eigentlich mit ihrer Diagnose? Ich meine, was können die Ärzte denn jetzt noch machen, damit es ihr bessergeht?«, wechselte er das Thema etwas ungeschickt, aber Alexander ging darauf ein.

Kapitel 18

Im Besprechungszimmer herrschte angespanntes Schweigen, bevor Professor Hanke schließlich das Wort ergriff. Wie jeden Freitagmorgen um halb Neun versammelte er Oberärzte und Fachärzte, um über aktuell kritische Fälle zu sprechen.

»Beginnen wir mit Nicole Jorgensen«, entschied der Chefarzt und griff nach seiner Kaffeetasse. »Doktor Philipp, bringen Sie uns auf den aktuellen Stand.«

Der junge Facharzt rief auf dem Laptop die digitale Krankenakte auf, über den Beamer konnten auch seine Kollegen mitlesen.

»Nicole Jorgensen wurde vor zwei Tagen mit dem Verdacht auf akutes Koronarsyndrom vom Notarzt eingeliefert, es erfolgte eine Behandlung im Katheterlabor, um das blockierte Gefäß wieder zu öffnen. Wegen des instabilen Zustands der Patientin und schlechter werdenden Herztönen des Kindes haben sich unsere Gynäkologen am gleichen Tag für einen Notkaiserschnitt entschieden.«

Er machte eine kurze Pause.

»Seither überwachen wir Frau Jorgensen auf der Intensivstation im künstlichen Tiefschlaf.«

»Wie hat sich der Zustand entwickelt?«, wollte Professor Hanke nachdenklich wissen und studierte die aktuellen Befunde auf der Leinwand. Auf seiner Stirn hatte sich eine steile Sorgenfalte gebildet.

»Sie ist stabil, aber ihr Herz ist sehr schwach«, stellte Doktor Philipp besorgt fest.

»Mitte Mai wurde in Hamburg eine akute Herzmuskelentzündung diagnostiziert, aus der sich eine Herzinsuffizienz entwickelt hat. Die Entlassung erfolgte Ende Juli in stabilem Zustand mit einer Herzschwäche der Stufe eins.«

Er blätterte durch die digitale Krankenakte zu den ersten Einträgen aus der kardiologischen Sprechstunde.

»Frau Jorgensen hat sich Anfang August in der Ambulanz vorgestellt, ihr Zustand hat sich in den vergangenen Wochen wieder verschlechtert.«

Der Chefarzt verschränkte die Arme und lehnte sich in seinem Stuhl zurück.

»Bis sie vorgestern eingeliefert wurde«, seufzte er. »Okay. Haben wir inzwischen alle Unterlagen aus Hamburg?«

Konzentriert waren die Herzspezialisten Nicoles

Patientenakte aus der Hamburger Uniklinik durchgegangen, hatten jedoch nichts mehr finden können, was ihnen bei der aktuellen Behandlung weiterhelfen könnte.

»Frau Jorgensen muss unbedingt auf die Transplantationsliste.« Professor Hanke trank seinen Kaffee aus und stellte die Tasse etwas heftiger als nötig zurück auf die Tischplatte.

»Mit ihrer Blutgruppe sind die Chancen sowieso …« Einer der Oberärzte brach ab und sah seine Kollegen nur vielsagend an. »AB negativ, damit ein Spenderorgan zu bekommen gleicht einem Lottogewinn.«

»Malen wir mal nicht den Teufel an die Wand«, gab Doktor Philipp scharf zurück. »Es gibt ja noch andere Möglichkeiten, ihren Zustand auch langfristig zu stabilisieren.«

»Sie meinen ein Kunstherz?« Professor Hanke ging gar nicht erst auf die kleine Auseinandersetzung seiner Fachärzte ein.

»Das wäre tatsächlich der erste größere invasive Schritt, um Frau Jorgensens Zustand abzufangen.« Er dachte nach. »Wird das Narkosemittel eigentlich schon reduziert?«

Doktor Philipp nickte. »Seit heute Morgen. Im Moment warten wir darauf, dass sie wieder selbstständig atmet.«

»Informieren Sie den Lebensgefährten bei seinem Besuch später über den aktuellen Verlauf und sprechen Sie auch über die Option, dass wir Frau Jorgensen ein Kunstherz implantieren müssen«, empfahl Professor Hanke und sah auf die Uhr. »Okay. Haben wir noch weitere Fälle?«

Der Vormittag im Theater hatte Christian ordentlich geschlaucht. Wie schon am Vortag hatte Regisseur Herbert Stangl kein Erbarmen mit dem unkonzentrierten Hauptdarsteller gehabt und ihm das Äußerste abverlangt. Erst als Christian seinen inneren Kampf zugelassen hatte und von privaten Gefühlen und den Emotionen seiner Rolle geplagt über die Bühne getobt war, war Stangl zufrieden mit ihm.

Zwar sei der Gesang an manchen Stellen noch verbesserungswürdig so der Regisseur, doch das Schauspiel und die Rollenauslegung hatten ihm zum Ende hin gefallen.

Durchgeschwitzt, körperlich und emotional ausgelaugt war Christian schließlich nach der Probe von der Bühne gekrochen.

»Da hat sich aber eine Menge angestaut«, stellte Francesco Wegener auf dem Weg zu ihren Garderoben fest. »Was ist denn privat bei dir los, dass du heute dermaßen explodiert bist?«

Erschöpft schüttelte Christian den Kopf. Das war im Moment kein Thema, über das er sprechen wollte.

Nicht mit Francesco.

Nicht mit Ariana.

Nicht einmal mit seiner Familie, zumindest was die Details anging.

Das Telefonat am Vorabend hatte ihm zwar an sich gut getan, doch alles in ihm sträubte sich, sich noch intensiver mit der ganzen Herz-Problematik und dem Gedanken, Nicki möglicherweise für immer zu verlieren, auseinanderzusetzen. Zwar hatte Alexander ihm mit seiner ruhigen Art einige Optionen erklärt, doch das hatte Christians Ängste kaum kleiner werden lassen.

»Lass es gut sein«, seufzte er nur und stieß die Tür zu seiner kleinen Garderobe auf, Francesco musste noch ein paar Räume weiter.

Rasch zog er sich frische Kleidung an, packte seine Sachen zusammen und verließ dann das Theater eilig.

Zwei freie Tage lagen vor ihm. Keine Proben, die ihn von seinem Besuch bei Nicki und ihrem Sohn abhalten würden.

Insgeheim hoffte Christian, dass Nicole endlich wieder aufwachen würde. Sie im künstlichen Tiefschlaf sehen zu müssen, zerriss ihm das Herz. Warum musste es ihr so schlecht gehen? Warum?

Auch am zweiten Tag nach Nicoles Zusammenbruch führte Christian sein erster Weg zur Neugeborenen-Intensivstation zu seinem Sohn. Wie er ihn gestern im Arm gehalten hatte. Wie sehr er den Moment genossen hatte. Und wie sehr er Nicole vermisst hatte. Sie sollte dabei sein, mit ihnen eine Familie werden. Sie sollte den Kleinen doch auch kennenlernen.

Eine junge Pflegerin begleitete Christian zum Inkubator des Jungen.

»Ihr Sohn macht sich gut«, bemerkte sie zuversichtlich.

»Wie lange wird er denn auf der Intensivstation bleiben müssen?«, wollte Christian nachdenklich wissen.

Auch die letzte Nacht war weitestgehend schlaflos für ihn gewesen, weil ihm dutzende Fragen zu Nicole und dem Baby durch den Kopf gegangen waren. Zeit, Antworten zu bekommen.

Lächelnd öffnete die Pflegerin die Tür zum Überwachungszimmer.

»Ihr Sohn atmet selbstständig, wir unterstützen ihn dabei aber noch. Das Problem ist im Moment, dass wir ihn über eine Magensonde ernähren müssen, weil seine Verdauung noch etwas unreif ist.«

Sie blieb vor dem Inkubator stehen.

»In der Regel können wir unsere kleinen Patienten, die so alt sind wie ihr Sohn, aber nach zwei Wochen von der Intensivstation verlegen.«

»Und wann darf er nach Hause?«, fragte Christian weiter, doch sein Blick ruhte auf dem friedlichen Gesicht seines Jungen.

»Vermutlich in fünf bis sechs Wochen, aber das hängt vor allem davon ab, wie der kleine Mann an Gewicht zulegt und seine Körpertemperatur halten kann.« Sie legte den Kopf schief.

»Das Kuscheln mit seinem Papa hat ihm gestern übrigens gut getan«, bemerkte sie und deutete auf den Schaukelstuhl.

»Sie haben doch bestimmt etwas Zeit mitgebracht.«

Die Neugeborenen-Intensivstation war verglichen mit Nicoles Überwachungszimmer fast schon gemütlich. Dieser Kontrast wurde Christian nach der Stunde mit seinem Sohn überdeutlich bewusst. Kaum hatte er diesen Funktionsbereich an der Seite einer Schwester betreten brachen all die finsteren Gedanken, die Emotionen über ihm zusammen. Nur bei seinem Sohn hatte Christian all das eine Stunde lang ausblenden können.

Nicole wurde noch immer beatmet, stellte er ernüchtert fest. Irgendwie hatte er gehofft, dass die Ärzte sie langsam aufwecken würden.

»Wach auf«, flüsterte Christian verzweifelt und griff nach der Hand seiner Freundin.

»Wach auf, wach auf, wach auf …«

Er biss sich auf die Lippe, die langsam ganz abgenagt aussah.

»Komm zu uns zurück ...« Er schmiegte seine Wange in ihre Handfläche.

»Wir haben einen gesunden Jungen ... wir wollten doch eine Familie werden ...«

»Ah, Herr Rückert!«, Doktor Philipp betrat das Überwachungszimmer und stellte sich neben Christian. »Wir müssen uns unterhalten.«

»Gibt es Neuigkeiten?«, wollte Christian mit gemischten Gefühlen wissen. Weder Tonfall noch Mimik des Herzchirurgen gaben Aufschluss über das Gesprächsthema oder wie ernst es war.

»Kommen Sie bitte für einen Moment mit?«, wich der Herzspezialist einer direkten Antwort zunächst aus und bat Christian in ein kleines Besprechungszimmer.

»Was ist los?«, fragte Christian unruhig und setzte sich auf einen der Holzstühle. »Was ist mit Nicki, wenn Sie diese Unterhaltung in diesem offiziellen Rahmen fortführen wollen?«

Bedächtig ließ sich Doktor Philipp auf den Stuhl ihm gegenüber sinken und dachte über seine ersten Worte nach.

»Wie sind die Untersuchungen gestern noch gelaufen?«, wagte Christian einen letzten Vorstoß, doch er wurde immer leiser. Sein Blick ging zur hellbraunen Tischplatte, auf der runde Kaffeeflecke zu sehen waren.

»Sie wissen, dass das Herz Ihrer Lebensgefährtin

seit der Herzmuskelentzündung vom Mai sehr geschwächt ist«, begann Doktor Philipp schließlich mit ruhiger Stimme, aus der kaum Emotion herauszuhören war.

»Durch den Herzinfarkt ist der Schaden mittlerweile so groß, dass es für uns gerade langfristig nur zwei Optionen gibt: Die Implantation eines Kunstherzens oder eine Herztransplantation.«
Diese Aussage kam für Christian aus dem Nichts, obwohl auch Alexander am Vorabend über diese Themen gesprochen hatte. Da hatte alles noch so unwirklich geklungen. War so weit weg gewesen. Aber jetzt war ihm als hätte ihm sein Gegenüber ohne Vorwarnung mit der Faust ins Gesicht geschlagen. Oder als hätte man ihm den Boden unter den Füßen weggerissen.
»Ich verstehe, dass diese Nachricht ein Schock ist, aber wir müssen …«
»Was daran verstehen Sie?«, fauchte Christian und sah dem Arzt endlich wieder ins Gesicht.
»Was an meiner Situation können Sie verstehen? Haben Sie eine Frau? Eine Lebensgefährtin? Liegt die vielleicht gerade im Koma, mehr tot als lebendig? Haben Sie zufällig auch gerade einen Sohn, der zu früh auf die Welt gekommen ist und auch auf der Intensivstation ist? Nein? Wie können Sie dann behaupten, Sie würden mich verstehen?« Er schlug mit der flachen Hand auf die Tischplatte. »Was soll denn das alles?«

Leise betrat eine zierliche Frau mittleren Alters das Besprechungszimmer und sah zwischen Doktor Philipp und Christian hin und her.

»Hast du alles im Griff?«, fragte sie den Mediziner mit melodischer Stimme, doch Christian reagierte zunächst nicht auf sie.

»Wie mans nimmt«, seufzte Doktor Philipp und schob ihr die Papiere über den Tisch hinweg zu.

»Übernimmst du für mich? Ich muss gleich in den OP.«

Wieder wurde die Tür geöffnet und geschlossen, dann kehrte wieder Ruhe in dem kleinen Raum ein.

Fast lautlos blätterte sich die Unbekannte durch die Akte von Nicole, ab und an raschelte sie mit dem Papier. Doch sie überließ Christian erst einmal sich selbst und seinen Gefühlen, seinen Gedanken und Emotionen.

»Behandeln Sie Nicole?«, meldete sich Christian zögerlich zu Wort, nachdem das Schweigen für ihn langsam erdrückend wurde und er endlich weitere Antworten auf seine Fragen hören wollte.

»Ich gehöre zum Team, ja«, bestätigte die hübsche Rothaarige und schenkte ihm ein kleines Lächeln.

»Ich bin Regina Wrede.« Sie reichte ihm die Hand.

»Wie ich sehe, haben Sie meinen Bruder in Hamburg bereits kennengelernt.« Doktor Wrede klappte die Patientenakte wieder zu.

»Welche Fragen brennen Ihnen auf der Seele, Herr Rückert?«

Die Ärztin war deutlich einfühlsamer als ihr Kollege und schaffte es mit ihrer ungezwungenen Art, Christian aus der Reserve zu locken.

»Doktor Philipp meinte, dass Nicki ein Kunstherz oder eine Herztransplantation braucht«, begann er stockend. »Bedeutet das, dass Nickis Herz so … schwach ist, dass sie nicht mehr lange leben wird?«

Doktor Wrede hörte ihm aufmerksam zu, dachte einen Moment lang nach und setzte dann zu einer wohlüberlegten Antwort an. In einfachen Worten erläuterte sie die medizinische Sicht auf Nicoles Zustand und erklärte Christian, wie sehr Nicoles Herz durch die Entzündung und den Infarkt geschädigt worden war.

»Aber ein Kunstherz …« Christian verzog das Gesicht. »Wie … ich meine … merkt Nicki das dann? Wie kann ich mir das denn vorstellen? Und wann wird Nicki so was … eingesetzt …?«

»Das Kunstherz unterstützt und entlastet das angeschlagene Herz, indem wir das System mit der linken Hauptkammer und der Hauptschlagader verbinden«, erklärte Doktor Wrede. »Das verschafft Ihrer Lebensgefährtin eine ganze Reihe an Vorteilen, vor allem aber erst einmal

Zeit, denn die Wartezeit für ein Spenderherz liegt im Moment bei neun bis zwölf Monaten oder darüber.« Sie machte eine kurze Pause.

»Eine weitere Möglichkeit ist, dass sich das Herz von Frau Jorgensen wieder soweit erholt, dass eine Transplantation gar nicht mehr nötig ist. Und zuletzt besteht so die realistische Chance, dass Ihre Lebensgefährtin in absehbarer Zeit wieder nach Hause darf und ambulant von uns weiterbehandelt wird. Das würde Ihnen als junge Familie bestimmt auch gut tun.«

»Das klingt ja fast so, als wäre dieser Eingriff ohne Optionen«, stellte Christian bedrückt fest. »Aber das muss letztlich Nicki entscheiden. Ich kann das nicht.«

Regina Wrede nickte verständnisvoll. »Natürlich. Erst einmal geht es ja darum, dass Ihre Lebensgefährtin wieder zu Bewusstsein kommt. Danach werden wir sehen, wie es weitergeht. Ich möchte nur, dass Sie wissen, welche Schritte als nächstes auf Sie beide zukommen können und möglicherweise zukommen werden.«

Sie stand langsam auf.

»Und jetzt gehen Sie ruhig wieder zu Frau Jorgensen, die Besuchszeit ist ja auch nur begrenzt.«

Lächelnd begleitete sie Christian zurück zu Nicoles Überwachungszimmer.

Kapitel 19

»Na?« Matt lächelte Nicole und griff nach Christians Hand.

»Du siehst müde aus«, stellte sie fest und sah ihm direkt in die grünen Augen.

»Ich hab ja auch kaum geschlafen, seit du eingeliefert worden bist«, bemerkte Christian ohne jeden Vorwurf und seufzte.

»Und im Theater gings auch heiß her, also war das keine entspannte Mischung.«

»Oh je«, seufzte Nicole und veränderte ihre Position ein wenig. Sie verzog das Gesicht, weil ihre Narbe vom Kaiserschnitt schmerzhaft zog.

»Nachdem ich hier drin so gut wie nichts mitbekomme und nur vor mich hin vegetiere … Was habt ihr angestellt? Habt ihr Mathias an den Rand eines Nervenzusammenbruchs gebracht?«

»So schlimm ist es noch nicht«, kicherte Christian und griff auch nach Nicoles anderer Hand.

»Das Nervenkostüm unseres Regisseurs ist schon zwei Wochen vor der Premiere zum Zerreißen gespannt und er rastet bei der kleinsten Kleinigkeit aus. So gesehen ... der normale Probenall-tag.«

Er zuckte mit den Schultern und ließ sich dann doch zu Anekdoten hinreißen, was in den letzten Tagen im Theater so vorgefallen war. Welche Pannen bei den ersten Proben auf der großen Bühne passiert waren, seine eigene Rolle spielte Christian allerdings etwas herunter. Dafür aber imitierte er den darauffolgenden Anschiss von Regisseur Herbert Stangl, mit dem Nicole vor drei Jahren schon einmal zusammengearbeitet hatte.

»Hör auf«, kicherte Nicki und fasste sich an den Bauch. »Lachen ist gar keine gute Idee.«

Um Nicole abzulenken zog Christian sein Handy aus der Hosentasche, das er vor seinem Besuch auf der Intensivstation in den Flugmodus ge-schaltet hatte. Rasch gelangte er zur Galerie und rief die Fotos der letzten Tage auf, die die Pflege-rinnen während seiner Besuche bei seinem Sohn gemacht hatten.

»Schau mal, ich möchte dir jemanden vorstel-len«, wechselte Christian das Thema und reichte seiner Freundin das Handy.

Stumm starrte Nicole auf das Foto von Christian und dem Neugeborenen vom Vortag. Der Kleine hatte sich vertrauensvoll an seinen Vater ge-schmiegt.

»Er ist perfekt«, flüsterte Nicole, dann rann eine

Träne über ihre blasse Wange. »Wann darf ich denn zu ihm? Ich will ihn auch halten.«

»Soll ich mal die Ärztin holen?«, bot Christian an und huschte auf den Flur hinaus. Auf dem Weg zu Nicole vorhin hatte er Doktor Wrede gesehen und hoffte, dass sie noch im Arztzimmer der Station zu finden war.

»Herr Rückert, wie kann ich Ihnen helfen?« Doktor Wrede kam dem Musicaldarsteller bereits entgegen und sah ihn fragend an.

»Ich habe meiner Freundin Fotos von unserem Sohn gezeigt und jetzt möchte sie ihn gerne selbst sehen … gibt es da eine Möglichkeit?«, wollte er unsicher wissen.

»Das ist im Moment schwierig«, seufzte Doktor Wrede und strich sich eine Haarsträhne hinters Ohr.

Sie dachte kurz nach.

»Ich spreche mit Ihrer Lebensgefährtin und erkläre ihr die Situation am besten selbst.«

Die Ärztin lächelte Christian aufmunternd zu und steuerte Nicoles Krankenbett an.

»Frau Jorgensen?«

Fragend sah Nicole auf.

»Warum haben Sie denn die Sauerstoffmaske schon wieder abgemacht?« Doktor Wrede runzelte die Stirn beim Anblick des Überwachungsmonitors und griff nach der Maske, die neben dem Bett baumelte. Sie veränderte die Einstellung an der Sauerstoffzufuhr und streifte Nicole die Maske wieder über Mund und Nase. »Und da bleibt die Maske bitte auch. Ihre Sauerstoffsättigung ist definitiv zu niedrig.«

»Ich will meinen Sohn sehen«, brachte Nicole nur schwer verständlich hervor.

Die Herzchirurgin verschränkte die Arme und sah zwischen ihrer Patientin und Christian hin und her. »Ihr Sohn wird im Moment auf der Neugeborenenintensivstation behandelt, Ihr Zustand ist äußerst bedenklich, Frau Jorgensen. Aufgrund der Infektionsgefahr können wir Ihren Sohn gerade nicht zu Ihnen bringen. Und für einen Ausflug auf die andere Station sind Sie zu schwach.«

»Ich will ihn doch nur sehen«, seufzte Nicki matt. »Ich will meinen Sohn endlich sehen.«

»Und das verstehe ich vollkommen«, bekräftigte Doktor Wrede.

Verstimmt verlagerte Christian das Gewicht von einem Fuß auf den anderen.

»Aber es muss doch etwas geben«, stellte er sich auf Nickis Seite. Er wollte sich gar nicht vorstellen, wie es sich für seine Freundin anfühlte. Die Tage im Koma. Dann musste sie feststellen, dass das Baby auf die Welt geholt worden war. Und dann ihr Kind noch nicht einmal sehen zu dürfen …

»Bitte …« Nicoles Stimme war kaum zu verstehen.

»Es gibt doch heute so viele Möglichkeiten«, versuchte es Christian noch einmal anders, hielt Nicoles Hand fest in seiner.

»Im Moment sind uns die Hände gebunden«, verteidigte Doktor Wrede ihren Standpunkt mit sanfter Stimme.

»Mit einer Infektion ist weder Ihnen, Frau Jorgensen, geholfen, noch Ihrem Sohn.« Sie räusperte sich. »Allerdings müssen wir uns in diesem Zusammenhang noch über ein anderes Thema unterhalten. Wir haben Ihnen heute Morgen ja bereits erklärt, dass Ihr Herz durch den Infarkt noch einmal deutlich schwächer geworden ist. Wir haben Sie bereits auf die Warteliste für eine Herztransplantation gesetzt, aber die Wartezeit beträgt vermutlich mehr als zwölf Monate.«

Nicoles Augen weiteten sich.

»Es gibt jedoch Überbrückungsmöglichkeiten«, fuhr Doktor Wrede mit ihrer melodischen Stimme fort. »Sollte sich Ihr Zustand weiterhin verschlechtern, würden wir Ihnen ein sogenanntes Kunstherz implantieren, um Ihr Herz zu entlasten.«

Nicoles fragender Blick wanderte weiter zu Christian. Er ahnte, wie ihr zumute war. Vermutlich kam sie noch weniger damit klar als er vor einigen Tagen.

Geduldig erklärte Doktor Wrede wie schon Christian bei ihrem Gespräch die Einzelheiten der

Technik und die Funktionsweise des Kunstherzens, doch Nicole interessierte nur eine Frage.

»Wann darf ich meinen Sohn endlich sehen?«, fragte sie und versuchte, mehr Kraft in ihre Stimme zu legen.

»Nach einem erfolgreichen Eingriff können Sie dann sogar mit Ihrer Familie nach Hause gehen, bis sich Ihr Herz entweder soweit erholt hat oder wir ein Spenderherz gefunden haben.« Regina Wrede sah abermals auf die Überwachungsmonitore und nickte zufrieden, als sie den Wert von der Sauerstoffsättigung erblickte.

»Das ist keine Entscheidung, die Sie heute treffen müssen, aber Sie sollten sich diese Optionen durch den Kopf gehen lassen.«

Die Herzspezialistin wandte sich zum Gehen.

»Ich muss jetzt leider weiter, Frau Jorgensen, aber ich werde später noch einmal nach Ihnen sehen und Ihnen gerne weitere Fragen beantworten.«

Nicole blieb lange stumm, vereinzelt rannen ihr Tränen über die Wangen. Und Christian blieb nichts anderes übrig, als ihre Hand zu halten und bei ihr zu sein. Auch ihm gingen zahlreiche Gedanken durch den Kopf. Die Hoffnung, dass sich Nicoles Herz tatsächlich durch ein Kunstherz erholen und sie keine Transplantation benötigen würde. Dann war da die Angst, was bei derartigen Operationen am offenen Herzen alles schiefgehen konnte. Und wie groß das Risiko war, dass er Nicole immer noch verlieren könnte.

»Hast du schon einen Namen für unseren Kleinen?«, wollte Nicole nach langem Schweigen wissen und drückte Christians Hand sanft. Noch immer waren ihre Finger kalt. Kälter als sonst. Ein Zeichen, wie krank ihr Herz tatsächlich war?

Christian schüttelte den Kopf.

»Ich habe etwas experimentiert, aber ich bin mir unsicher. Vor allem ist es keine Entscheidung, die ich alleine treffen kann und sollte«, stellte er fest und küsste Nicoles Fingerspitzen.

»Aber ich kenne ihn doch nicht, seit er auf der Welt ist«, warf Nicole verzweifelt ein.

»Du hast ihn fast acht Monate lang unter deinem Herzen getragen«, erinnerte Christian seine Freundin sanft und legte ihre Hand an seine Wange. »Du kennst unseren kleinen Kämpfer.«

»Er ist wirklich ein Kämpfer«, bestätigte Nicole und sah ihm dann ernst in die Augen.

»Christian, du weißt so gut wie ich, wie beschissen es mir geht und dass niemand sagen kann, wie es mit mir weitergehen wird. Deswegen möchte ich, dass der Kleine deinen Familiennamen trägt. Er soll zumindest dich haben, wenn ich ...«

»Shhhht ...«, unterbrach Christian sie mit schockiertem Gesichtsausdruck und pochendem Herzen. Es schmerzte ihn, dass Nicole so dachte. Aber in ihrer Situation kam man offenbar schwer ins Grübeln …

»Wir beide werden ihn aufwachsen sehen, hörst du?«

»… und wenn ich es nicht schaffen sollte, hat er immerhin dich, seinen Papa«, vollendete Nicole doch noch ihren Satz. Sie zog sich die Sauerstoffmaske von Mund und Nase.

»Ich will …« Sie hustete kurz auf.

»Ich werde immer für ihn da sein«, versprach Christian ernst. »Und ich werde immer für dich da sein.«

»Wie nennst du ihn?«, griff Nicole nach einem intensiven Blickwechsel ihre ursprüngliche Frage wieder auf und verschränkte ihre Finger mit denen von Christian.

»Heute habe ich mit Kilian und Leon probiert«, berichtete Christian lächelnd von seinem letzten Besuch auf der Neugeborenen-Intensivstation. »Und rate mal, auf welchen Namen er reagiert hat?«

Nicki verzog das Gesicht. »Kilian gefällt mir überhaupt nicht.«

»Ich wollte, dass sein Name …« Hilflos suchte Christian nach den richtigen Worten.

»Er ist ein Kämpfer«, stellte Nicole lächelnd fest. »Deswegen soll er auch so heißen.«

Sie strich sich über den Bauch.

»Leon war einer der Namen, an die ich gedacht habe, seit wir erfahren haben, dass es ein Junge wird.« Sie suchte Christians Blick. »So soll er heißen. Leon Rückert.«

Die Stille seiner Wohnung kam Christian sehr entgegen – den ganzen Tag hatte er entweder gesungen oder Gespräche geführt über Themen, über die er nie hatte nachdenken wollen.

Der Anrufbeantworter blinkte und zeigte ihm zwei Nachrichten seiner Familie aus Nürnberg an, doch Christian stand nicht der Sinn nach gut gemeinten Worten oder Fragen zu Nicoles Zustand.

Seufzend nahm er eine Flasche Bier aus dem Kühlschrank und setzte sich damit auf den Balkon. Die Holzbank war noch angenehm warm, während der Balkon selbst schon im Schatten lag.

Nach zwei großen Schlucken direkt aus der Flasche wurde Christian endlich etwas ruhiger und er ließ den Tag Revue passieren. Der Besuch bei Leon. Das Gespräch mit Doktor Wrede und Nicki. Die Namensentscheidung. Nicole schien sich ja verdammt sicher zu sein, wer Leons Vater war, wenn sie wollte, dass der Kleine seinen Familiennamen bekommen sollte. Oder war das nur eine Absicherung für den Kleinen, falls sie es nicht überleben sollte?

Christian wusste es nicht, doch so langsam wurde ihm diese Ungewissheit zu viel. Er wollte doch nur wissen, woran er in diesem Fall war.

Aber Nicole in ihrem Zustand auf seine Zweifel an der Vaterschaft anzusprechen hielt er auch für den falschen Weg. Keine Aufregung, hatten die Ärzte gesagt. Und dass das ein Reizthema war stand außer Frage. Nur, wie sollte er dann die Vaterschaft beweisen? Durfte er einfach einen Test durchführen lassen, wie Alexander ihm das schon indirekt vorgeschlagen hatte? Oder musste Nicki da zustimmen?

Gerade als Christian mit der zweiten Bierflasche wieder auf seine Bank gesunken war klingelte es an der Tür.

»Ist ja gut, ich komme doch schon«, murrte Christian unwillig, als es schon wieder läutete und er kaum aufgestanden war. Offenbar war da jemand äußerst ungeduldig.

Er sah kurz durch den Türspion, seufzte und öffnete dann.

»Was willst du hier?«, fragte er verwundert und musterte Ariana vor sich.

»In erster Linie wollte ich nach dir sehen«, stellte seine Kollegin klar und schob sich an ihm vorbei in die Wohnung. »Du musstest in den letzten Tagen nicht nur im Theater einiges einstecken und ich dachte, du könntest einen Freund gebrauchen.«

Er zuckte mit den Schultern. Sie würde sich ohnehin nicht von ihrem Vorhaben abhalten lassen. Dabei war die Stille gerade so angenehm gewesen.

»Willst du auch was trinken?«, fragte er der Höflichkeit halber und reichte Ariana dann ebenfalls eine Flasche Bier.

»Wie geht es Nicki?«, erkundigte sich Ariana, nachdem sie es sich beide wieder auf dem Balkon gemütlich gemacht hatten.

»Den Umständen entsprechend«, wiederholte Christian seine Standardantwort auf diese Frage und trank einen großen Schluck.

»Und eurem Sohn?« So schnell ließ Ariana ihn nicht in Ruhe.

»Für den gilt das Gleiche.« Christian runzelte die Stirn. »Können wir dann das Thema wechseln? Ich hab mich den ganzen Nachmittag damit beschäftigen müssen und wäre dankbar, wenn ich irgendwann mal abschalten darf.«

Ariana legte den Kopf schief.

»Wir können alles tun, was du willst«, meinte sie doppeldeutig und sah ihm direkt in die Augen.

»So wie in den Proben?« Christian wandte den Blick ab. Bisher hatten sie kaum über diese Zwischenfälle gesprochen, weil er nach den Proben immer sofort ins Spital gefahren war.

»Sag bloß nicht, dass dir das nicht gefallen hat.« Ariana wechselte vom Korbsessel auf die Bank neben Christian.

»Darum geht es doch nicht!« Augenblicklich kam Christian auf die Füße, um Abstand zwischen sich und seine Kollegin zu bringen. Er raufte sich die Haare.

»Verdammt, ich hab eine Freundin. Wir sind gerade erst Eltern geworden. Nicki und Leon brauchen mich!« Er atmete schwer. »Warum kannst du das nicht einfach akzeptieren und mich in Ruhe lassen?«

»Weil ich sehe, dass du damit nicht glücklich bist.« Ariana stand nun ebenfalls auf. »Warum machst du dich selbst unglücklich?«

Verzweifelt wandte sich Christian ab. Diese Affäre war ein einziger Fehler, wie er jetzt einsehen musste. Warum hatte er nicht bei gelegentlichen One-Night-Stands bleiben können? Warum hatte er eine zweite Beziehung angefangen? Und warum konnte Ariana sein Nein nicht einfach akzeptieren? Warum versuchte sie, ihn weiter zu verführen?

Kapitel 20

Die restliche Probenzeit war relativ ereignislos an Christian vorbeigerauscht. Tagsüber war er im Theater und kämpfte sich durch die finalen Proben, ehe er am späten Nachmittag zu Nicole und Leon ins Spital fuhr um Zeit mit seiner kleinen Familie zu verbringen. Die Tage waren anstrengend und kräftezehrend, sodass Christian abends wie ein Stein ins Bett gefallen war und die zahlreichen Päckchen und Pakete vom Online-Babyshopping keines Blickes würdigte. An sich war er dankbar dafür, weil er so nicht zu sehr ins Grübeln über Nicoles Zustand kam.

Am Vortag der Premiere genossen alle Musicaldarsteller einen freien Tag – nachdem sie zuvor bereits zwei Previews gespielt hatten – und nutzten die Zeit, um nach den langen Probentagen auch mal wieder Kraft zu tanken. Nach einem Besuch im Spital hatte für Christian die Zeit gerade mal ausgereicht, um zurück zu seiner Wohnung zu fahren, dann stand auch schon seine Familie vor der Tür. Wie seit Monaten geplant waren Christians Eltern und Geschwister aus Nürnberg und Umgebung nach Wien gereist, um bei der morgigen Premiere dabei zu sein.

»Christian!« Claudia Rückert umarmte ihren Sohn lange und sah ihm dann prüfend ins Gesicht. »Du siehst fertig aus. Schläfst du auch irgendwann?«

Christian unterdrückte nur ein Gähnen und begrüßte neben seinem Vater auch seine drei älteren Brüder Alexander, Jens und Andreas.

»Hey!« Jens´ Ehefrau Susanne schlüpfte als letzte in den geräumigen Flur der Altbauwohnung und umarmte ihren Schwager. »Spielst du den Tod oder den Teufel?« Sie runzelte die Stirn und ließ Christian wieder los. »Nicht, dass du da gerade was verwechselst.«

Der Musicaldarsteller schmunzelte. So lief die Begrüßung in seiner Familie eigentlich immer ab: alle riefen wild durcheinander, es wurden freundschaftlich Sticheleien über ihre jeweiligen Berufe ausgetauscht.

»Kommt doch erst einmal ins Wohnzimmer und ignoriert bitte das Chaos aus Päckchen«, meinte er schließlich und holte aus der Küche mehrere Flaschen Wasser und Schorle, Gläser hatte er bereits auf dem Wohnzimmertisch aufgestellt. Als alle versorgt waren, kehrte langsam Ruhe ein.

»Das Hotel, das du uns empfohlen hast, ist übrigens sehr gut«, lobte Gunther Rückert seinen Sohn und lehnte sich entspannt in die Sofakissen zurück. »Da werden wir uns beim nächsten Mal auf jeden Fall wieder einmieten.«

Zufrieden nickte Christian. Normalerweise beherbergte er Freunde und Familienmitglieder gerne auf dem Sofa oder im Gästezimmer, aber gleich sechs Gäste auf einmal, das war etwas zu viel. Das Hotel seiner Familie lag sogar in der gleichen Straße, daher war das zu verschmerzen.

»Was hast du denn alles bestellt?«, wollte Susanne neugierig wissen und beäugte die großen Kartons mit gerunzelter Stirn.

»Wenn ich so einkaufen würde …« Sie sah zu ihrem Ehemann.

»Nicole und ich mussten die Erstausstattung online einkaufen, nachdem es im Laden nicht so recht klappen wollte wegen Nickis Zustand …« Mit jedem Wort wurde Christian leiser.

»Und nach den langen Probentagen im Theater, den Krankenbesuchen …« Er sah auf seine Hände. »Da hatte ich auch …«

»Dass du da andere Dinge im Kopf hattest ist doch klar«, meinte Claudia Rückert mitfühlend. »Aber … hast du denn überhaupt schon was vorbereitet?«

Christian zuckte mit den Schultern.

»Bisher war das irgendwie auch noch so weit weg. Leon liegt genau wie Nicole im Spital«, berichtete er und seufzte. Das war nach dem Gespräch über seinen Job kein Lieblingsthema von ihm.

»Aber es geht ihm mit jedem Tag ein Stückchen besser, inzwischen kann ich ihn sogar mit dem Fläschchen füttern.« Christian fuhr sich mit beiden Händen übers Gesicht.

»Er legt auch endlich an Gewicht zu. Sobald er die Temperatur halten kann, darf er erst aus dem Wärmebettchen und dann nach Hause. Aber das wird wohl noch etwas dauern.«

»Und Nicki?«, wollte Alexander betreten wissen.

»Sie kämpft sich durch«, murmelte Christian, in Gedanken bei seinem letzten Besuch in der Klinik. »Aber wie es aussieht, wird sie ohne Kunstherz nicht mehr auskommen ...«

Die Ärzte der Familie tauschten einen langen Blick, alle anderen schwiegen betreten. Keine einfache Situation für die ganze Familie.

Teil 4: Spielzeit Wien
September

Kapitel 21

»Gehst du hier öfter laufen?«, wollte Alexander gut gelaunt wissen und dehnte sich, während Christian erst einmal einen Schluck aus seiner Trinkflasche nahm.

»Wenn ich Zeit habe.« Christian sah zu Andreas und Jens, die sich ebenfalls dehnten.

»Und je nach Wetter. In letzter Zeit war ich aber weder laufen noch im Fitness.« Er streckte sich und bewegte dann seine Schultern durch, um die verspannte Nackenmuskulatur zu lockern.

»Mein neues Hobby sind Krankenhausbesuche und da muss man für gewöhnlich nicht rennen.« Jens schob sich die Sonnenbrille ins Haar und musterte seinen jüngsten Bruder besorgt.

»Du solltest trotz allem auch an dich denken. Und wenn es nur eine halbe Stunde joggen ist.« Christian wich dem Blick des Polizeioberkommissars aus. Bei Jens fühlte er sich immer ein Stück weit wie ein Verbrecher in einem Verhör. Kein angenehmes Gefühl.

»Das wird sich schon einpendeln, sobald die Premiere heute Abend durch ist und der Spielalltag Einzug genommen hat«, meinte er und trabte wieder an. Sie waren ja nicht zum herumstehen hier und er hoffte, das Gespräch dadurch beenden zu können.

Frisch geduscht fuhr Christian dann ins Spital – seine Eltern hatten sich zum Mittagessen mit alten Freunden, die inzwischen in Wien wohnten, verabredet und seine Brüder wollten die Stadt noch etwas erkunden. Zu Nicole auf der Intensivstation durften sie im Moment ohnehin nicht, denn die Ärzte hatten betont, dass Nicole sehr viel Ruhe brauche. Auch was einen Besuch bei Leon anging war sich Christian nicht sicher, ob er seine Familie einfach so mit auf die Neugeborenenstation nehmen durfte, deswegen wollte er das heute abklären.

Sein erster Weg führte Christian an diesem Tag zu Nicole – er hatte ein ungutes Gefühl, was den Zustand seiner Freundin anging. Schon gestern war sie sehr schläfrig gewesen, hatte schlecht Luft bekommen. Bedeutete das, dass kein Weg am Kunstherz vorbei führte?

»Hallo, Herr Rückert«, begrüßte Doktor Wrede den Musicaldarsteller. Gleich mehrere Ärzte standen um Nicoles Bett herum, darunter auch Doktor Philipp und Professor Hanke.

»Was ist hier los?«, wollte Christian beunruhigt wissen. So viele Ärzte auf einmal hatte er bei Nicole zuletzt nach ihrem Herzinfarkt gesehen.

»Ist etwas passiert?«

Der Chefarzt sah Christian mit ernster Miene an. »Wir sind hier, weil sich wieder Herzrhythmusstörungen entwickelt haben, die wir gerade versuchen, medikamentös in den Griff zu bekommen.«

»Und … was bedeutet das?« Christian schwankte leicht. »Ich meine, Sie müssen doch etwas tun können … Sie sind doch Spezialisten.«

Matt hob Nicole die Hand, schob sich die Sauerstoffmaske vom Gesicht. Die kritischen Blicke der Ärzte ignorierte sie.

»Ich lasse mir das Kunstherz einsetzen«, flüsterte sie angestrengt und zog sich die Maske wieder über Mund und Nase.

Ruckartig wandte Christian den Blick zu Doktor Wrede, sah dann weiter zu Professor Hanke. Obwohl er insgeheim damit gerechnet hatte, war er überfordert.

»Wann?!«, fragte er tonlos.

»Ich setze den Eingriff für morgen Vormittag an«, meldete sich Professor Hanke zu Wort und sah dabei vor allem Nicole an. »Den genauen OP-Termin klärt Doktor Wrede gleich noch ab.«

»Glaubst du, dass das morgen gut geht?«, wollte Nicole schließlich wissen, nachdem die Ärzte wieder verschwunden waren, und setzte sich etwas auf. »Dass es mir nach der OP tatsächlich besser geht?«

Christian räusperte sich. »Ich hoffe jeden Tag, dass es dir besser geht«, meinte er langsam. »Und diese Operation ist eine echte Chance, dass du bald zu uns nach Hause darfst.«

Er beugte sich vor. »Vertrauen wir darauf, dass Professor Hanke weiß, was er tut.«

Nicole sah ihm tief in die Augen. Er sah die Angst in ihrem Blick, aber auch Hoffnung und Kampfgeist. Auch wenn ihr Körper immer schwächer wurde, es war immer noch die gleiche Nicole, in die er sich vor Jahren verliebt hatte. Die begeisterte Tänzerin mit dem unbändigen Willen. Der Liebe zur Musik. Christian lächelte.

»Ich bin für dich da«, versprach er und küsste sie auf die Stirn. »Ich werde immer für dich da sein.«

Stumm erwiderte Nicole seinen Blick.

Schweren Herzens musste sich Christian bereits am frühen Nachmittag von Nicole verabschieden. Er wollte noch rasch nach seinem Sohn sehen, dann war es für ihn auch schon an der Zeit, sich im Theater auf die Premiere vorzubereiten. In Anbetracht von Nicoles morgiger Operation erschien ihm der Abend reichlich unwichtig, doch seine Freundin hatte ihn darin bestärkt, diese Vorstellung nicht an seine Zweitbesetzung abzugeben. Sie brannte für die Bühne, würde alles dafür geben, wieder auftreten zu dürfen.

»Und du bist dir sicher, dass du heute spielen willst?« Alexander war der Einzige, den Christian in den letzten beiden Stunden vor der Premiere um sich haben wollte und ihn deswegen mit in den Backstagebereich genommen hatte.

»Ich muss.« Christian sah starr in den Spiegel und versteckte das Mikrofonkabel zwischen seinen dunklen Haaren, ehe er das winzige Mikro mit einem Pflasterstreifen an seiner Stirn befestigte. »Und irgendwie bin ich es Nicki schuldig.«

Alexander lehnte sich entspannt auf dem Sofa in der Garderobe zurück und musterte seinen Bruder nachdenklich. »Dann wird sie morgen also operiert?«

Christian nickte nur, schminkte sich routiniert. Da sie in den letzten Tagen bereits einige Previews – also gewissermaßen Proben vor Publikum – gespielt hatten, war die Showvorbereitung für ihn schon wieder zur Routine geworden. Seine Rolle unterschied sich zudem rein äußerlich kaum von Kostüm und Makeup der Tour, das vereinfachte seine Vorbereitungen um einiges.

»Gegen Zehn ist es so weit«, meinte er und atmete tief durch. »Der Chefarzt wird sich selbst um Nicki kümmern.«

Sein Bruder erwiderte seinen sorgenvollen Blick im Spiegel, dann stand Christian ruckartig auf. Es wurde langsam Zeit, das Kostüm anzuziehen, die prunkvolle Kampfrüstung für die ersten Szenen.

»Ich bring dich noch zum Durchgang, damit du rechtzeitig zu deinem Platz kommst«, bot Christian mit Blick auf die Uhr an und steckte sich den letzten Siegelring an den Finger.

Mit jedem Schritt zur Bühne vertiefte sich Christian weiter in seine Rolle. Langsam machte sich Nervosität in ihm breit, wie vor jeder Premiere.

Auf der anderen Seite des Vorhangs warteten jetzt über eintausendfünfhundert Zuschauer, darunter seine Eltern und seine Geschwister, aber auch Freunde und Kollegen. Nervös war er weniger wegen der Zuschaueranzahl an sich, sondern wegen der Menschen, die ihm persönlich wichtig waren und für die er sich besonders anstrengte.

»Na?« Ariana stellte sich neben Christian und lächelte zurückhaltend.

»Bist du fit?«, wollte sie wissen und spielte auf den Fightcall an – der obligatorischen Probe aller Kampfszenen vor jeder Show – bei dem Christian arg unkonzentriert gewesen war.

»Natürlich.« Er straffte den Rücken und schloss seine Finger um den Griff des massiven Säbels, den ihm eine der Mitarbeiterinnen, die sich hinter der Bühne für einen reibungslosen Ablauf kümmerten, reichte.

»Ich war vorhin nur etwas unkonzentriert.« Er lächelte unverbindlich und drehte sich dann weg.

Ariana brachte ihn allein schon mit ihrer Anwesenheit durcheinander und das konnte er gerade überhaupt nicht gebrauchen.

»Noch fünf Minuten!«, informierte Mathias Francke die Darsteller und bat sie in einen Kreis hinter der Bühne, um sie auf die bevorstehende Premiere einzustimmen.

Die Premiere war reibungslos über die Bühne gegangen, sogar Christian hatte sich zum ersten Mal seit Wochen wieder richtig fallen lassen und mit seiner Rolle verschmelzen können. Es war wie eine Befreiung für ihn, seine privaten Emotionen hatten sich in sinnvolle Energie auf der Bühne umwandeln lassen.

»Kommst du eigentlich mit zur Premierenfeier?«, wollte Francesco gut gelaunt wissen und folgte Christian über den Flur.

»Muss ich ja wohl.« Gleichgültig zuckte Christian mit den Schultern und bog in seine Garderobe ab. Jetzt, nachdem er die Rolle wieder abgelegt hatte, musste er wieder an Nicole denken. Wie es ihr jetzt ging.

Seufzend zog Christian sein Kostüm aus, schminkte sich ab und griff dann nach dem bereitgelegten Anzug für die Premierenfeier. Ein Pflichttermin, auf den er schon unter normalen Umständen keine Lust hatte, aber als Erstbesetzung der Hauptrolle kam Christian da nicht aus.

Also würde er gute Miene machen und zusehen, dass er zeitnah verschwinden konnte.

Nach der offiziellen Vorstellung aller Darsteller und des Kreativteams im Wiener Rathaus mischten sich die Musicaldarsteller schließlich unter die Gäste. Christian holte sich erst einmal ein weiteres Glas Sekt und naschte ein paar Häppchen vom Buffet, ehe er sich zu seiner Familie gesellte.

»Das war echt super«, strahlte Susanne und umarmte ihn lange.

»Aber ihr habt ja manche Szenen im Vergleich zur Tour nochmal ganz schön verändert«, stellte sie begeistert fest.

Christian schmunzelte. Seine Schwägerin war sehr häufig in Musicaltheatern anzutreffen und hatte es sich schon vor einem halben Jahr nicht nehmen lassen, *Das Tor zur Hölle* live in Nürnberg zu besuchen.

»Gerade der persönliche Konflikt von Nubis im zweiten Akt ist so besser nachvollziehbar«, meinte er und sah dann zum Rest seiner Familie.

»Und? Wie hat es euch im Vergleich zu Nürnberg gefallen?«

»Du kannst beide Produktionen nicht vergleichen«, meldete sich Gunther Rückert zu Wort. »Allein das Bühnenbild hier in Wien ist viel größer und auch euer Orchester ist deutlich opulenter.«

Erleichtert lächelte Christian. Langsam fiel auch die letzte Anspannung von ihm ab und dank des Alkohols verstummten auch die Gedanken rund um Nicole. Sie war gut versorgt in der Klinik, die Ärzte hatten immer ein Auge auf sie. Er musste sich für einen Moment lang keine Sorgen um seine Freundin machen. Er konnte die verdiente Premierenfeier gemeinsam mit seinen Brüdern und seinen Eltern genießen.

Gegen ein Uhr in der Nacht hatten sich neben Claudia und Gunther Rückert zahlreiche andere Gäste verabschiedet, sodass die Jüngeren unter sich waren. Ein DJ sorgte für gute Stimmung, dazu waren alle nicht mehr nüchtern. Jens und seine Ehefrau Susanne beobachteten das bunte Treiben auf der Tanzfläche von ihrem Stehtisch aus, Alexander und Andreas hatten sich längst unter die Tänzerinnen gemischt und amüsierten sich sichtlich.

Auch Christian hatte sich inzwischen von Ariana auf die Tanzfläche ziehen lassen. Der Alkohol hatte seine Gedanken längst verstummen lassen, für den Moment wehrte er sich nicht länger gegen Arianas Avancen.

»Das ist ein toller Abend«, stellte Ariana dicht an Christians Ohr fest, ihre Lippen streiften seine Wange.

Der DJ legte gerade etwas ruhigere Musik auf, sodass die beiden etwas enger tanzten.

Freundschaftlich. Ohne Hintergedanken. Zumindest von Christian aus.

»Worüber grübelst du denn schon wieder?«, fragte Ariana mit schief gelegtem Kopf und legte ihm die Arme um den Nacken.

Es war bereits drei Uhr morgens durch, als sich die vier Rückert-Brüder und Susanne auf den Heimweg machten. Sie entschieden sich gegen ein Taxi und schlenderten den Burgring entlang vorbei am Volksgarten weiter Richtung Heldenplatz an der Hofburg, ehe sie in Richtung Museumsquartier abbogen. Es war sogar noch recht angenehm von den Temperaturen her, die frische Luft tat ihnen allen gut.

»Du bist also mal wieder zweigleisig unterwegs«, stellte Andreas beiläufig fest und vergrub die Hände in den Hosentaschen.

»Wie viele Bekanntschaften hast du neben der hübschen Hauptdarstellerin eigentlich so am Laufen?«

»Ich bin mit Nicki zusammen«, fuhr Christian ihn unerwartet heftig an.

»Von zweigleisig kann also keine Rede sein.« Er sah starr auf Alexanders Rücken vor sich, der neben Jens und Susanne her ging.

»Genau so sah euer Tanz vorhin auch aus«, stichelte der Älteste der Brüder munter weiter. »Und du willst mir gerade ernsthaft weismachen, dass du mit dieser Ariana noch nie im Bett warst?«

Verstimmt presste Christian die Lippen aufeinander. In ihm brodelte es gewaltig.

»Also?« Andreas starrte ihn von der Seite an. »Hast du oder hast du nicht?«

»Ich wüsste nicht, was dich das angeht«, fauchte Christian, dabei war es ihm egal, dass man sie hier auf der Straße gut hören konnte.

»Du bist doch von uns allen derjenige, der keine einzige Beziehung auf die Reihe kriegt und sich stattdessen von einer Affäre in die andere stürzt!«

»Sag mal gehts euch noch gut?« Inzwischen waren auch die anderen drei stehen geblieben und Jens kam ganz der Polizist auf die Streithähne zu. »Schreit euch mitten in der Nacht auf offener Straße wegen eurer Bettgeschichten an.«

Er sah wütend von einem zum anderen.

»Jetzt reißt euch doch mal zusammen, schlaft eine Nacht drüber und dann redet morgen in Ruhe darüber.«

Andreas ignorierte seinen jüngeren Bruder gekonnt.

»Nicki hat etwas Besseres als dich verdient, Christian, und das weißt du.«

»Was weißt du schon von Nicki«, wagte Christian

einen letzten Versuch, der direkten Konfrontation aus dem Weg zu gehen und das Thema zu beenden. Inzwischen waren sie nur noch wenige hundert Meter von seiner Wohnung und dem Hotel entfernt, es wäre ein Einfaches, sich jetzt ohne weitere Worte zu empfehlen, den anderen einfach stehen zu lassen.

»Mehr als du denkst.« Andreas Rückert sah seinem jüngsten Bruder arrogant ins Gesicht.

»Warum sonst hätte sie sich bei mir ausgeheult?«

»Es reicht«, ermahnte Jens die beiden streng und machte einen Schritt auf sie zu.

»Und ...« Christian schluckte.

Er kannte seinen ältesten Bruder. Andreas genoss als plastischer Chirurg mit seiner Spezialisierung auf Verbrennungsopfer hohes Ansehen, die Frauen lagen ihm reihenweise zu Füßen. Er hatte die freie Auswahl, was seine Bettgefährtinnen anging. Eine Affäre, ein Onenightstand nach dem nächsten, alles nur keine feste Beziehung. Bevor er Nicole kennengelernt hatte war Christian ebenfalls recht sprunghaft gewesen in Beziehungsdingen, die Tourproduktionen zu dieser Zeit hatten das natürlich noch einmal vereinfacht.

»Hast du Nicki mit ins Bett genommen?«, wollte er tonlos wissen.

Überheblich verschränkte Andreas die Arme vor

der Brust.

»Die Frage ist eher, wer hier wen verführt hat«, goss er auch noch Öl ins Feuer.

»Du hast mit meiner Freundin geschlafen?!«, explodierte Christian und stieß seinen Bruder rücklings gegen die Hausmauer. Mit beiden Händen hielt er ihn am Sakko gepackt und schüttelte ihn wie von Sinnen.

»Warum?! Wie kannst du nur?!«

»Du bist ja wohl kaum besser«, spie ihm Andreas entgegen.

»Bist du eigentlich schon durch euer Ensemble durch oder hast du noch etwas Frischfleisch …?« Anstelle einer Antwort verpasste Christian ihm eine schallende Ohrfeige.

Andreas starrte ihm für einen kurzen Moment in die Augen, dann schnellte seine Faust vor und traf Christian mit voller Wucht an der Wange. Er taumelte zurück, nahm jedoch sofort die Fäuste hoch und stürmte abermals auf den plastischen Chirurgen zu.

»Es reicht, habe ich gesagt!« Bestimmt ging Jens jetzt dazwischen, packte Christian am Handgelenk und drehte ihm blitzschnell den Arm auf den Rücken. So musste es sich also anfühlen, wenn man verhaftet wurde. Kein angenehmes Gefühl. Schwer atmend gab Christian den Widerstand auf und entfernte sich gemeinsam mit Jens ein paar Meter, Alexander dagegen war mit Susanne bei Andreas stehen geblieben.

»Lass mich los«, knurrte Christian und taumelte. Seine ganze Wange fühlte sich taub an, da hatte Andreas ihn mehr als gut getroffen.

»Bist du okay?«, wollte der Oberkommissar besorgt wissen.

Alexander begleitete Christian die letzten Meter zu seiner Wohnung, Andreas, Jens und Susanne waren direkt ins Hotel gegangen. Resolut drückte der Hausarzt seinen Bruder auf einen Stuhl in der Küche und sah ihm konzentriert in die Augen.

»Siehst du klar? Doppelbilder, andere Sehprobleme?«

»Mir fehlt nichts«, wiegelte Christian genervt ab und stand auf, doch sein Bruder ließ ihn nicht weit kommen. Mit beiden Händen betastete er Christians Gesicht und achtete genau auf die Reaktion seines Bruders. Er musste nicht lange suchen, denn allein bei einer leichten Berührung des linken Wangenknochens entfuhr Christian ein Schmerzensschrei.

»Du solltest sicherheitshalber ins Krankenhaus zum Röntgen«, empfahl der Hausarzt. »Der Knochen könnte ...«

»Mir fehlt nichts und ich gehe nirgendwohin«, unterbrach Christian ihn mit schwerer Zunge. »Wars das?«

Alexander runzelte die Stirn. »Dann kühl die Stelle wenigstens. Wenn du später aber irgendwelche Probleme oder stärkere Schmerzen hast, fahr ich dich eigenhändig in die Klinik.«

»Tu, was du nicht lassen kannst.« Schwerfällig stand Christian auf und ging zur Tür. Er wollte sich zumindest für ein paar Minuten hinlegen und seiner Familie entfliehen. Er wollte nur seine Ruhe haben.

Müde schlurfte er ins Schlafzimmer, entledigte sich seiner Kleidung und ließ sich nur in Boxershorts aufs Bett fallen. Ihm war schwindlig, doch er konnte nicht sagen, ob das vom Schlag oder vom Alkohol herrührte. Und um ehrlich zu sein, es war ihm gerade auch einfach nur egal.

Einen Moment später fielen Christian auch schon die Augen zu, sodass er gar nicht mehr mitbekam, wie sich Alexander im Wohnzimmer auf dem Sofa ausstreckte.

Kurz nach Acht betrat Alexander Christians Schlafzimmer nach kurzem Anklopfen, nur das Licht aus dem Flur erhellte den Raum. Genug, dass er seinen Bruder im Bett sehen konnte.

»Na?« Der Hausarzt setzte sich neben Christian auf die Bettkante und betrachtete seinen Bruder kritisch. Die Wange war angeschwollen, ein Bluterguss zu erahnen.

Christian blinzelte und verzog das Gesicht. Ihm brummte der Schädel und das lag nicht nur am

Alkohol der Premierenfeier.

»Siehst du klar oder doppelt?«, wollte Alexander sachlich wissen.

»Ich sehe dich klar und deutlich«, grummelte Christian.

»Hörst du dann endlich auf, mich zu fragen?«

Sein Bruder schüttelte lächelnd den Kopf. »Christian, Andreas kann mit seinem Schlag theoretisch einiges kaputt gemacht haben, bis hin zu einer Gehirnerschütterung oder Hirnblutung. Deswegen gehe ich dir gerade so auf den Geist. Ich will mir nicht später vorwerfen, dass ich …«

»Ich geh schon nicht drauf, Großer.« Christian richtete sich auf und sah auf die Leuchtanzeige des Radioweckers auf dem Nachtkästchen. Acht Uhr morgens durch. Bald würde Nicole operiert werden.

»Kannst du mir wenigstens eine Kopfschmerztablette bringen?«

Alexander nickte skeptisch und verließ das Schlafzimmer für einen Moment, Christian ließ sich müde wieder ins Kissen sinken. Sein Kopf pochte schmerzhaft, er fühlte sich, als wäre er von einem Lastwagen gerammt worden. Er hoffte, dass er sich nach ein, zwei weiteren Stunden Schlaf etwas besser fühlen würde.

Kapitel 22

»Wie siehts aus?«, wollte Chefarzt Professor Hanke beim Betreten des Operationssaales wissen. Normalerweise hatte er samstags frei, doch der Zustand seiner Patientin duldete keinen Aufschub bis Montag, deswegen hatte sich der Herzspezialist dazu entschieden, schon heute das Kunstherz zu implantieren.

Regina Wrede hatte mit der Operation begonnen und die Patientin an die Herz-Lungen-Maschine angeschlossen, das Herz war bereits präpariert und war nun bereit für das Unterstützungssystem.

»Wie ist ihr Zustand?«, fragte Professor Hanke, während ihm die OP-Schwester in den sterilen Kittel und in zwei Paar Handschuhe half.

»Stabil.« Die Herzchirurgin sah auf den Beistelltisch, wo gerade die Funktion des Kunstherzens getestet wurde. Bisher sah aber alles gut aus.

Mit einem Blick auf die Überwachungsmonitore überzeugte sich der Chefarzt dann doch selbst vom Zustand seiner Patientin und trat an den

OP-Tisch heran. Routiniert verschaffte er sich einen groben Überblick und begann dann, die linke Herzkammer vorzubereiten. Hier würde er gleich die kleine Turbine – den ersten Teil des Kunstherzens – anschließen.

Konzentriert nähte der Herzspezialist die Basis der Pumpe auf die Vorderwand des Herzens. Zunächst zog er die Fäden zwischen dem Herzgewebe und dem Edelstahlring, dann begann die eigentliche Feinarbeit – nämlich das Knüpfen der Fäden, bis der Ring richtig auf der Vorderwand angebracht war. Der besondere Schwierigkeitsgrad war hierbei, die Verbindung zwischen künstlichem System und lebendem Gewebe absolut dicht zu bekommen. Denn das Kunstherz verblieb ja mitunter über Jahre im menschlichen Körper und da durfte es zu keinem Leck kommen. Das wäre für den Patienten lebensbedrohlich, also verwendete der erfahrene Chirurg zusätzlich Gewebekleber, um auf Nummer sicher zu gehen.

Nach einem kritischen Blick auf seine Arbeit fuhr Professor Hanke fort. Die flexiblen Schläuche der Pumpe mussten zurechtgebogen und an die Anatomie des jeweiligen Patienten angepasst werden. Der Kardiotechniker war nun ebenfalls direkt an der Patientin und sorgte mit geschickten

Handgriffen dafür, dass das gesamte System luftfrei war. Andernfalls könnte sich eine lebensgefährliche Luftembolie bilden, die tödlich verlaufen konnte.

Als endlich alle Vorbereitungen abgeschlossen waren, schnitt der Chefarzt in die Vorderwand des Herzens. Sofort strömte ihm Blut entgegen, doch das wurde mit einem Sauger zurück in den Kreislauf der Herz-Lungen-Maschine befördert. Mit einer Stanze entfernte er im letzten Schritt Muskelgewebe, um Platz für den Anschluss der Pumpe zu schaffen. Das nun daumengroße Loch im Herzen wurde mit steriler Kochsalzlösung gespült, dann konnte Professor Hanke die Pumpe nach einer erneuten Positionskontrolle fixieren.

Bevor der Professor den zweiten Schlauch des Pumpsystems mit der Hauptschlagader vernähte musste er noch die dritte Komponente – das lange Kabel – vom Brustkorb in den oberen Bauchraum verlegen. Mithilfe von Schere, Zange, speziellen Instrumenten und viel Gefühl schaffte er, das Kabel schließlich durch den kleinen Hautschnitt aus dem Körper zu ziehen. Um diese Wunde würde sich seine Patientin später intensiv kümmern müssen, damit sich nichts entzündete. »Letzter Funktionstest«, ordnete er an und ließ das Kabel mit der Steuerungseinheit verbinden, um noch einmal zu überprüfen, ob das Kunstherz tatsächlich so arbeitete, wie er sich das vorstellte. Zufrieden nickte er, als mit jedem Pumpzyklus helles Blut in den Auffangbehälter sprudelte.

Mit einer raschen Bewegung lockerte der Chefarzt noch einmal seine Schulter- und Nackenmuskulatur, dann begann er mit sicheren Handgriffen, den Kunststoffschlauch mit der Hauptschlagader zu verbinden. Der letzte Teil eines langen Eingriffs, der bislang ohne Komplikationen verlaufen war.

Regina Wrede verschloss den Brustkorb von Nicole Jorgensen mit Drähten, anschließend vernähte sie den Hautschnitt. Die Implantation des Kunstherzens hatte hervorragend geklappt, jetzt musste sich die junge Frau aber erst einmal von den Strapazen erholen.

Drei Stunden hatte die Operation insgesamt gedauert, die Herzspezialistin war dennoch erschöpft – was sie vor allem der spontanen Nachtschicht zuordnete. Eigentlich war sie nur für die Rufbereitschaft eingetragen gewesen, dann hatte es mehrere Notfälle auf Station und gleich drei Neuzugänge gegeben.

Seit zwei Uhr morgens war Regina Wrede nun auf den Beinen und sehnte sich nun nach ihrem Bett. Morgen war wieder Frühschicht angesagt, da sollte sie definitiv zusehen, dass sie heute noch etwas Ruhe bekam.

In Gedanken versunken war Doktor Wrede dem Bett ihrer Patientin zur Intensivstation gefolgt. Sie wollte sich in der nächsten Stunde noch selbst davon überzeugen, dass es Nicole Jorgensen gut ging, dann würde der Kollege aus der Spätschicht diese Aufgabe übernehmen und sie auf dem Laufenden halten.

Routiniert übernahmen die Pfleger der Intensivstation und sorgten dafür, dass die mobilen Überwachungs- und das Beatmungsgerät wieder gegen die stationären Geräte ausgetauscht wurden. Regina Wrede dagegen zog sich kurz ins Stationszimmer zurück, um den Lebensgefährten ihrer Patientin über den Ausgang der Operation zu informieren.

Kapitel 23

Der Wecker neben dem Bett zeigte bereits fünf-
zehn Uhr, als Christian endlich wieder wach wurde. Er hatte am Rande mitbekommen, wie Alexander ihn das eine oder andere Mal angesprochen hatte, doch er war einfach zu erschöpft
gewesen.

»Na?« Auch jetzt war sein Bruder nicht weit.
»Wie fühlst du dich?«

Müde rappelte sich Christian auf und strich sich
die wirren Haare aus der Stirn.

»Mein Kopf ist jedenfalls noch dran«, bemerkte
er und griff sich an die lädierte Wange, die schon
wieder schmerzhaft pochte.

Langsam setzte er sich auf und schwang die Beine aus dem Bett. Ihm war schwindlig, doch das
legte sich nach einem Moment wieder. Dafür
machte sich sein verspannter Nacken mit einem
unangenehmen Ziehen bemerkbar. Da würde
vermutlich eine heiße Dusche Abhilfe schaffen.

»Vor einer Viertelstunde hat übrigens Doktor
Wrede angerufen«, berichtete Alexander mit

einem Lächeln.

»Nicki hat die Operation gut überstanden. Alles Weitere möchte dir Doktor Wrede dann erklären, wenn du ins Spital kommst.«

»Das Kunstherz funktioniert also?!« Christian sprang vor Freude auf die Füße.

Um ihn herum drehte sich alles, sodass er wieder auf das Bett zurücksackte und Alexander routiniert nach dem Handgelenk seines Bruders griff, um den Puls zu messen.

»Mach langsam.« Alexander sah seinen Bruder ernst an und hielt ihn am Arm fest, als Christian abermals auf die Füße kam. Er musterte den Musicaldarsteller lange.

»Du solltest definitiv in die Klinik und dich anschauen lassen, das gefällt mir so überhaupt nicht.«

»Ich weiß nicht, was du meinst.« Christian entzog sich ihm und schlurfte in Richtung Badezimmer. Er wollte sich frisch machen, vielleicht fühlte er sich nach einer warmen Dusche endlich wieder besser.

Müde schloss er die Tür hinter sich und musterte sich im Spiegel, nachdem er bei seinem Anblick direkt zusammengezuckt war.

Er sah schrecklich aus, das linke Auge war blutunterlaufen, die Wange selbst stark geschwollen. Seufzend wandte Christian sich ab, ließ seine

Boxershorts zu Boden fallen und stellte sich in die Duschkabine. Das warme Wasser weckte Christians Lebensgeister langsam, auch seine Nackenschmerzen wurden weniger.

Mit dem Handtuch um die Hüften kehrte Christian gut zwanzig Minuten später ins Schlafzimmer zurück.

Alexander hantierte den Geräuschen nach in der Küche.

War er eigentlich überhaupt im Hotel gewesen?

»Alex?« Christian zog sich noch das T-Shirt über den Kopf und tappte barfuß in den Flur. »Du hast aber nicht hier gepennt oder?«

Eine lange Diskussion mit Alexander später fuhr Christian mit der U-Bahn zum AKH, während sein Bruder ins Hotel gelaufen war, um sich ebenfalls frisch zu machen. Er hatte den Arzt in sich definitiv nicht in den Feierabend schicken können, stellte Christian kopfschüttelnd fest. Die Fürsorge seines Bruders hatte ihn andererseits aber auch berührt.

»Herr Rückert!« Überrascht sah ihm Regina Wrede ins Gesicht. »Was ist Ihnen denn passiert?«

Christian machte nur eine wegwerfende Handbewegung. Er erinnerte sich vage an die Auseinandersetzung mit Andreas kurz vor dem Hotel, dann fehlte ihm ein kleines Stück Erinnerung. Am liebsten würde er diese Nacht einfach vergessen machen.

»Wie geht es Nicole?«, antwortete er stattdessen mit einer Gegenfrage.

»Frau Jorgensen hat die OP gut überstanden«, berichtete die Herzchirurgin mit einem Lächeln. »Professor Hanke und ich konnten das Kunstherz wie geplant verpflanzen, jetzt müssen wir zusehen, wie sich Ihre Lebensgefährtin von der Operation erholt.«

»Ist sie wach?«, fragte Christian hoffnungsvoll.

»Noch nicht.« Doktor Wrede legte ihm die Hand auf den Oberarm. »Kommen Sie, ich bringe Sie zu Ihrer Lebensgefährtin.«

Der Weg ins Überwachungszimmer war für Christian nicht neu, doch ihm schlug jedes Mal aufs Neue das Herz bis zum Hals, weil er nicht wusste, was ihn erwartete. Denn egal was die Ärzte ihm vorab sagten, in seinem Kopf hatten sich längst eigene Bilder zusammengesetzt.

»Ich lasse Sie für einen Moment alleine«, meinte Regina Wrede schon an der Tür und bog dann ab in Richtung Ärztezimmer.

»Hey Nicki.« Christian schloss die Schiebetür leise hinter sich und ging dann zum Krankenbett seiner Freundin.

Obwohl er wusste, dass sie nicht bei Bewusstsein war, sprach er ganz bewusst mit ihr. Pfleger hatten ihn schon beim ersten Krankenhausaufenthalt dazu ermutigt.

»Du errätst nie, wie die Premierenfeier heute Nacht zu Ende gegangen ist.« Er griff nach Nicoles Hand und musterte die zierliche Tänzerin vor sich lange.

Sie sah aus wie in den letzten Tagen, nur ein Pflaster über der Brust war hinzugekommen.

Unwillkürlich musste Christian schlucken.

Die Ärzte hatten Nicoles Brustkorb geöffnet, um das Kunstherz implantieren zu können. Für ihn als Künstler eine absolut grauenhafte Vorstellung. Wie konnten sich Menschen das Tag für Tag antun? Für ihn ein absolutes Rätsel, aber so ging es ihm auch mit der Berufswahl seiner Brüder. Nicht für einen Tag wollte er mit einem von ihnen tauschen. Dabei konnte er noch nicht einmal sagen, wovor ihm mehr grauste: Jens' Job bei der Mordkommission oder Andreas mit seinen Verbrennungsopfern.

Christian setzte sich auf den Drehstuhl neben Nicoles Bett und lauschte einen Moment lang den monotonen Geräuschen der Beatmungsmaschine neben sich.

»Ich hab mich auf dem Nachhauseweg mit Andreas geprügelt«, gestand er und sah seiner Freundin aufmerksam ins Gesicht.

Wieder störte ein Beatmungsschlauch das eigentlich friedliche Bild. Wieder hoffte er, dass

Nicole bald wieder bei Bewusstsein sein würde.

»Aber er hat ein paar saublöde Bemerkungen gemacht ...«, murmelte Christian.

Nur dunkel erinnerte er sich an das Streitgespräch.

Frauengeschichten. Affären.

Darum war es gegangen.

Hatte er tatsächlich auch mit Nicole geschlafen?

Hatte er nicht einmal vor der Freundin seines Bruders Halt gemacht?

Oder war diese Aussage dem Alkohol geschuldet und Andreas hatte einfach nur übertrieben?

Kapitel 24

Kurz nach Fünf kehrte Christian in seine Wohnung zurück, um seinen Rucksack fürs Theater zu packen. Wasserflasche, Halspastillen, Handyladekabel, Schmerztabletten für seine Wange.

Skeptisch sah sich Christian noch einmal im Spiegel an, dann machte er sich auf den Weg ins Etablissement Ronacher. Zwar fühlte er sich nicht hunderprozentig fit, doch er konnte ja schlecht am ersten Spieltag gleich beide Shows abgeben.

Regulär hatte seine Zweitbesetzung Francesco die Nachmittagsvorstellung übernommen, aber für den Abend war Christian fest eingeplant.

Noch bevor er aus dem Haus gegangen war hatte er eine Schmerztablette geschluckt in der Hoffnung, dass der Wirkstoff bis zum Einsingen seine Wirkung entfalten würde.

Stumm passierte Christian den Pförtner, trug sich in die Anwesenheitsliste ein und schlurfte zu seiner Garderobe. Unterwegs holte er sich noch seine Mikrofone im Technikraum ab.

»Na? Heute Nacht noch gut nach Hause gekommen?!«, wollte Ariana gut gelaunt im Treppenhaus wissen und musterte ihn irritiert. »Was ist denn mit deinem Gesicht passiert?«

»Andreas«, seufzte Christian und ging voran zu seiner Garderobe, Ariana folgte ihm.

»Wer?«

»Mein Bruder, war gestern doch auch auf der Premierenfeier«, schob Christian unwirsch hinterher und warf seine Jacke auf das kleine Sofa. In weniger als anderthalb Stunden begann die Show und er musste sich dringend vorbereiten, dazu kam der Fightcall in einer Dreiviertelstunde. Bis dahin sollte er allerdings schon geschminkt und eingesungen sein.

»Darf ich mich für die Show fertigmachen oder brauchst du noch etwas?«

Ariana sah zwar aus, als würde ihr noch etwas auf der Zunge liegen, doch sie verließ Christians kleines Reich wortlos.

Kopfschüttelnd ließ sich Christian auf den Drehstuhl vor dem Schminkspiegel fallen und begann, sich für die Vorstellung zu schminken. Mit jedem Pinselstrich verwandelte er sich mehr in den Herrscher der Unterwelt, der nichts mehr mit dem privaten Christian zu tun hatte. Rasch versteckte er noch das Mikrofonkabel zwischen seinen Haaren, dann war er zumindest in der Maske fertig. Der Blick auf die Uhr verriet ihm, dass er noch eine Viertelstunde bis zum Fightcall Zeit hatte. Genug, um seine Stimme schon mal aufzuwärmen. Mit dem Handy in der Hand machte er sich auf den Weg zu den Proberäumen, die der Cast zum Einsingen zur Verfügung standen. Solange es ihm hinter der Bühne erlaubt war, ließ er das Handy nicht aus den Augen. Falls irgendetwas mit Nicole oder Leon war.

»Christian.« Abendspielleiter Mathias Francke kam ihm auf dem Flur entgegen und nickte ihm erfreut zu, sein Blick blieb allerdings sofort an der verunstalteten Wange hängen. Auch das Bühnenmakeup konnte nicht verbergen, wie gut Andreas ihn erwischt hatte.

»Was ist mit deiner Wange passiert?«

Christian entfuhr nur ein Seufzen.

»Ein Zusammenstoß mit meinem Bruder«, nuschelte er seine Standardantwort auf diese Frage. »Mir geht es gut und ich möchte einfach nur die Show spielen.«

»Ihr habt euch gestern geprügelt?« Mathias Francke runzelte die Stirn. »Auf der Premierenfeier?«

Matt schüttelte Christian den Kopf.

»Wir waren weit genug weg«, wich er verlegen aus, denn es war ihm insgeheim peinlich, mit seinem Vorgesetzten über diese betrunkene Auseinandersetzung sprechen zu müssen. Gut, dass gleich die große Kampfprobe startete.

In der Pause nach dem ersten Akt ließ sich Christian erschöpft auf das Sofa in seiner Garderobe sinken. Sein erster Blick ging auf sein Handy, das er auf dem Schminktisch zurückgelassen hatte. Mehrere Nachrichten von Alexander, der wissen wollte, wie es ihm ging und warum er sich nicht meldete. Eine knappe Nachricht von Andreas, dass sie sich noch einmal unterhalten sollten. Auch seine Eltern hatten sich gemeldet und wollten wissen, was denn letzte Nacht überhaupt los gewesen war.

Seufzend kramte Christian in seinem Rucksack nach einer weiteren Schmerztablette, denn mittlerweile schmerzte sein gesamtes Gesicht.

Die ständige Bühnenpräsenz und gleich drei große Soloparts hatten ihn nicht nur angestrengt, sondern an seine Grenzen gebracht. Dass sich die Wange gleich so schmerzhaft bemerkbar machen würde, hätte Christian nicht gedacht. Ohne eine Tablette wüsste er nicht, wie er eine weitere Stunde auf der Bühne überstehen sollte. Sich auswechseln zu lassen kam für ihn nicht infrage.

Mathias Francke klopfte an die angelehnte Tür der Garderobe und musterte seinen Hauptdarsteller kritisch. Ihm war nicht verborgen geblieben, dass Christian gerade gegen Ende des ersten Teils zu kämpfen gehabt hatte.

»Wie sieht es aus?«, wollte er sachlich wissen und lehnte sich an den Türrahmen.

Christian trank große Schlucke aus seiner Wasserflasche und atmete dann tief durch. Ganz langsam beruhigte sich die Wange wieder, doch er befürchtete, dass der zweite Akt nicht unbedingt besser werden würde.

»Es geht schon.« Er stand wieder auf und warf einen prüfenden Blick in den Spiegel, ob das Makeup noch gut aussah oder ob er nochmal nachbessern musste.

Dann ertönte auch schon der Gong zum Ende der Pause. Christian musste zurück auf Position, gleich gab es den großen Kampf in der Unterwelt – natürlich um eine Frau. Er freute sich schon auf diese Szene, denn da konnte er privaten Frust ganz gezielt einfließen lassen.

»Bereit?« Joe schlenkerte schon mit den Armen und griff dann nach seinem großen Schlegel, mit dem er sich gleich in den Kampf der Dämonen und Wesen des Untergrunds einmischen würde.

Christian deutete ein Lächeln an, dann schlossen sich seine Finger um den Stab seines Dreizacks. Es konnte losgehen. Stumm lauschte er den Orchesterklängen, dann kam das Zeichen, auf die Bühne zu gehen. Möge der Kampf beginnen, denn kaum, dass er um die Kulisse herumlief, sah er das Objekt seiner Begierde auch schon in den Armen seines größten Feindes. Und das konnte er als Herrscher der Unterwelt auf keinen Fall dulden.

»Ergreift sie!«, brüllte er und riss seinen Dreizack in die Höhe, sein Heer an Dämonen stürmte an ihm vorbei zum Angriff.

Konzentriert verfolgte Christian den Kampf, denn gleich würde er selbst zum Ziel eines Angriffs werden.

»Herr Rückert?«

Verwirrt blinzelte Christian. Er fühlte sich wie in Watte gepackt, als würde ihm ein Stück Erinnerung fehlen.

»Machen Sie bitte die Augen auf.«

Da war sie wieder, die männliche Stimme dicht neben ihm, der er augenblicklich keinen Namen oder ein Gesicht zuordnen konnte.

Mühsam öffnete er die Augen und blinzelte ins helle Licht.

»Willkommen zurück, Herr Rückert.«

Endlich erkannte er den Theaterarzt und neben ihm Mathias Francke, die ihn beide äußerst besorgt musterten. Seine linke Wange pochte im Takt mit seinem Herzen, sein Kopf fühlte sich an, als wäre er damit durch eine Wand gekracht.

»Herr Rückert, wissen Sie, wo Sie sind?«, fragte der Theaterarzt.

»Im Ronacher?«, antwortete Christian automatisch in fragendem Unterton.

Seine Wohnung sah anders aus, außerdem hatte er doch die Show gespielt, wenn er sich recht erinnerte. Aber wie war er auf diese Liege gekommen? Warum stand der Theaterarzt vor ihm?

»Das ist richtig.« Der Doktor machte sich eine Notiz auf seinem Klemmbrett, das Christian erst jetzt auffiel. »Wissen Sie, was passiert ist?«

»Mein Kopf«, stöhnte Christian gequält.

»Sie kommen ins Krankenhaus, Herr Rückert, da diskutiere ich nicht mit Ihnen.« Der Theaterarzt reichte dem inzwischen eingetroffenen Rettungsdienst das Protokoll und verstaute den Kugelschreiber wieder in seiner Brusttasche.

»Sie haben sich übergeben, waren bewusstlos und beim Anblick Ihrer Wange möchte ich sicherstellen, dass da nichts kaputt gegangen ist. Außerdem muss die Wunde genäht werden.«

»Solange ich was gegen die Schmerzen bekomme«, jammerte Christian, der zu erschöpft war, um sich weiter gegen den Mediziner zu wehren. »Können Sie meinem Bruder Bescheid geben?«

»Ich mach das schon.« Mathias Francke erschien wieder in Christians Blickfeld. »Ist er bei dir zu Hause?«

»Im Hotel Drei Kronen am Naschmarkt«, antwortete er matt.

Mathias Francke nickte nur, dann bugsierten die Sanitäter die Trage durch den Bühneneingang zum Rettungswagen.

Die kalte Luft ließ Christian frösteln, doch der Sanitäter warf die Türen zu und tauchte einen Moment später neben ihm auf.

»Haben Sie noch Schmerzen?«, wollte er von Christian wissen und hängte die Infusion in eine Halterung an der Decke.

»Es geht«, murmelte Christian. Er war sehr müde, fühlte sich miserabel.

»Dann fahren wir jetzt los«, entschied der Sanitäter und setzte sich neben Christian, dann schaukelte der Rettungswagen auf die Hauptstraße. Das zuckende Blaulicht erhellte die Nacht, dann fielen Christian die Augen zu und er wurde ins schwarze Nichts gezogen.

Kapitel 25

Verschlafen blinzelte Christian und brauchte einen Moment, um zu verstehen, dass er nicht im heimischen Bett lag. Neben ihm befand sich ein Bildschirm, über den sein Herzschlag flimmerte.

»Sie sind wach«, freute sich eine junge Frau auf der anderen Bettseite und lächelte ihn zuversichtlich an. »Haben Sie Schmerzen?«

»Es geht«, krächzte Christian und tastete mit der rechten Hand nach seiner linken Wange. Seine Erinnerung an die vergangenen Stunden war äußerst verschwommen, doch dass etwas mit seiner Wange nicht in Ordnung war, wusste er noch.

»Ah, Herr Rückert.« Ein Mediziner trat an das Bett heran und deutete auf seine Wange. »Keine Sorge, das wird gut verheilen, wir haben die Brüche stabilisiert. Mit etwas Glück wird nicht einmal eine Narbe zurückbleiben.«

»Brüche?« Christian ließ seine Hand sinken und sah den Arzt verwundert an.

»Der Schlag ins Gesicht hat Ihnen das Jochbein

dreifach gebrochen. Wir haben die Knochenfragmente mit etwas Metall stabilisiert und die Platzwunde versorgt. Unser plastischer Chirurg hat sein Bestes gegeben, damit man Ihnen in ein paar Wochen nichts mehr ansieht.«

Die Worte des Mediziners kamen nicht wirklich bei Christian an, dafür war er noch zu benommen. Sein Kopf schmerzte, die Wange pochte im gleichen Rhythmus wie sein Herz.

Nach der Visite kamen am späten Vormittag Mathias Francke und sein Kollege Joe Zellner zum Krankenbesuch. Der Abendspielleiter hatte dunkle Ringe unter den Augen, während sein Kollege reichlich zerknirscht dreinschaute.

»Wie geht es dir denn?«, wollte Joe betreten wissen.

»Ich fühle mich, als hätte ich einen Lastwagen gerammt«, nuschelte Christian. Laut sprechen ging nicht gut, denn dadurch schmerzte seine Wange gleich noch mehr.

»Davon abgesehen scheint es mir einigermaßen gut zu gehen.«

Mathias sah fragend auf die verbundene Wange.

»Dreifacher Jochbeinbruch, dazu eine Gehirnerschütterung.« Christian sah von Mathias zu Joe und zurück.

»Wenn alles gut verläuft und ich zu Hause nicht alleine bin, darf ich morgen in der Früh nach

Hause.«

»Das sind doch schon mal gute Nachrichten.« Joe setzte sich auf die Bettkante und sah ihn entschuldigend an.

»Ich wollte dir nur sagen, dass das gestern echt keine Absicht war. Wir haben das im Fightcall so gut hingekriegt, aber dann auf der Bühne ... ich weiß auch nicht, wir haben irgendwie unsere Positionen nicht richtig eingehalten ... na ja, und hab dich dann voll mit meiner Keule erwischt.«

»Du warst das?« Christian hob die rechte Augenbraue. »Du hast also den Herrscher der Unterwelt umgehauen – wie schafft das so ein einfacher Dämon nur?«

Joe senkte den Blick. »Es tut mir wirklich sehr leid, Christian. Es war echt keine Absicht ...«

»Das passiert«, winkte Christian ab.

Es lag ihm fern, deswegen Groll auf seinen Kollegen zu hegen. Unfälle passierten, das hatte er schon als Profitänzer schmerzhaft lernen müssen. Ein kleiner Moment der Unachtsamkeit genügte. Auch später als Musicaldarsteller hatte es die eine oder andere von ihm verursachte Panne gegeben, die bei Kollegen zu schmerzhaften Blessuren geführt hatten. Es gehörte ein Stück weit zum Berufsrisiko.

»Hauptsache, du legst dich kein zweites Mal mit dem Herrscher der Unterwelt an.«

»Natürlich, mein Meister«, ging Joe mit einem

210

vorsichtigen Lächeln auf die Vorlage ein.

Auch Christians Mundwinkel zuckten.

»Gut, dann ist das schon mal vom Tisch.« Mathias Francke atmete erleichtert auf.

»Was sagen denn deine Ärzte sonst?«

Christian zuckte mit den Schultern.

»Anscheinend ist alles gut gegangen und sie beobachten mich wegen der Gehirnerschütterung bis heute Abend am Monitor, mehr kam vorhin bei Visite nicht heraus.« Er musterte den Abendspielleiter belustigt. »Wir sollten wohl besser auf dich aufpassen, ansonsten bringen wir dich noch in den Zwangsurlaub«, bemerkte er.

»Weil ihr mir einen Herzinfarkt verpasst mit euren Ausfällen, Schlägereien und Liebeleien?« Mathias schnaufte theatralisch.

»Wie lange fällst du voraussichtlich aus?«, wurde er jedoch rasch wieder ernst.

»Nur, damit ich die nächsten Wochen schon ein bisschen planen kann.«

»Etwa vier Wochen, danach sollte ich wieder ans Singen denken können.« Christian warf Joe einen vielsagenden Seitenblick zu.

»Allerdings sollte ich über diese Masken nachdenken, die die Fußballer nach ihren Verletzungen immer tragen … nicht, dass ich mir wieder eine fange …«

»Ob wir dann wieder einen Showstopp haben werden?«, überlegte Joe weiter. »Wie widerstandsfähig sind die Dinger eigentlich?«

»Ein Showstopp aus medizinischen Gründen alle fünf Jahre reicht mir eigentlich«, mischte sich der Abendspielleiter gestresst ein.

»Schlimm genug, dass dieser Unfall überhaupt passieren musste. Aber vor über tausend Leuten seinen Hauptdarsteller bewusstlos von der Bühne zu sammeln und dem Publikum dann irgendwie erklären zu müssen, dass ...« Er winkte ab. »Und die lästigen Fragen hinterher ... ihr habt ja keine Ahnung, was da für ein Rattenschwanz dranhängt.«

Nach dem Mittagessen kam schließlich Christians Familie zu Besuch, allen voran seine Mutter.

»Was machst du denn für Sachen?«, wollte sie besorgt wissen. »Du siehst ja wild aus.«

Christian versuchte ein winziges Lächeln, bei dem er seine Wange nicht zu sehr bewegen musste.

»Ein Missverständnis auf der Bühne, Joe hat mir in der Kampfszene zu Beginn des zweiten Teils seine Keule um die Ohren gehauen. Anscheinend haben wir beide unsere Positionen nicht richtig eingehalten.«

Claudia Rückert runzelte die Stirn.

»Und was fehlt dir jetzt? Wir haben gestern Abend nur einen sehr beunruhigenden Anruf von einem Herrn Francke bekommen, dass du ins Spital eingeliefert wurdest. Als wir dann hier waren wurde uns nur gesagt, dass du schon operiert wirst und wir morgen wieder kommen sollen.«

»Jochbeinbruch«, meinte Christian und deutete ein Schulterzucken an.

Seine erste Wut über die zweite Verletzung diesen Jahres war schon wieder verraucht. Wenn er überhaupt auf jemanden sauer war, dann auf seinen ältesten Bruder. Ohne ihre Schlägerei wäre der Bühnenunfall wohl deutlich glimpflicher verlaufen.

»Jetzt hab ich etwas Metall in der Backe und bin für mindestens vier Wochen aus dem Verkehr gezogen.«

»Scheinbar war es doch keine gute Idee, nach so einer Verletzung gleich auf die Bühne zurückzukehren«, mischte sich Alexander mit ernster Miene ein. »Hatte ich dir nicht geraten, dich im Krankenhaus untersuchen zu lassen und nicht zu spielen?«

»Oder hegt dein Kollege Mordgedanken gegen dich?«, mischte sich Jens augenzwinkernd ein, denn augenblicklich herrschte eine äußerst angespannte Stimmung.

»Mein Kollege nicht«, bemerkte Christian scharf und sah zu Andreas, der mit verschränkten Armen an der Wand lehnte.

»Bei einem meiner Brüder bin ich mir da nicht so sicher.«

»Was war denn eigentlich los vorgestern

Abend?«, wollte Gunther Rückert irritiert wissen und sah zwischen seinen Söhnen hin und her.

Verstimmt schwieg Christian. Das war eine Sache zwischen ihm und Andreas. Auch sein ältester Bruder biss sich auf die Lippe.

»Könnte jemand von euch nach Nicki und Leon sehen?«, fragte Christian schließlich mit Blick zu seiner Mutter. »Ich muss wissen, wie es den beiden geht.«

»Das machen wir«, versprach Claudia Rückert und wandte sich zum Gehen, nachdem Christian ihr noch den Weg zu beiden Stationen beschrieben hatte.

Einen Moment später waren Christian und Andreas allein.

»Wie geht es dir?«, wollte Andreas zurückhaltend wissen und lehnte sich mit verschränkten Armen ans Fensterbrett.

Christian musterte seinen ältesten Bruder lange, ehe er zu seiner Antwort ansetzte.

»Soweit gut, denke ich«, murmelte er und wandte den Blick wieder ab.

»Hör mal, es tut mir leid.« Andreas klang sogar etwas zerknirscht, als er fortfuhr.

»Es war dumm, diesen Streit vom Zaun zu brechen. Wir waren beide betrunken und dann auch noch eine körperliche Auseinandersetzung zu provozieren war definitiv keine Glanzleistung von mir. Es tut mir leid.«

Versöhnlich reichte er Christian die Hand, doch der Musicaldarsteller ignorierte diese Geste.

»Wie hast du das gemeint, als du von Nicki gesprochen hast?«, forschte Christian nun sehr direkt nach. »Dass sie sich bei dir ausgeheult hätte und so. Hast du dich mit ihr getroffen?«

Andreas seufzte und verschränkte die Arme erneut. »Ja, ich habe mich phasenweise mit Nicki getroffen, als ich beruflich in Hamburg zu tun hatte«, bestätigte er mit ruhiger Stimme.

»Und dann hat sie sich ›bei dir ausgeheult‹?« Christian runzelte die Stirn. »Wie soll ich das bitte verstehen?«

»Sie hatte eben Gesprächsbedarf, Christian.« Der plastische Chirurg sah ihm offen ins Gesicht. »Worüber wir gesprochen haben, musst du mit Nicki selbst ausmachen.«

»Und …« Christian schluckte vernehmlich. »War sie auch eine deiner Affären?«

Das lange Schweigen seines Bruders war Antwort genug.

»Aber … warum?!« Schon wieder spürte Christian die Wut in sich aufsteigen. Er ballte die Hände zu Fäusten.

»Warum machst du so etwas? Sie … ich schnapp mir doch auch nicht deine Freundin, wenn du mal wieder eine hast …«

Darüber dachte Andreas eine ganze Weile nach.

»Chris … es ist einfach passiert, okay? Ich bin wahrlich nicht stolz darauf, aber zu so etwas gehören immer Zwei. Und …«

»Ich will wissen, warum du mit meiner Freundin geschlafen hast, und nicht irgendwelche Ausreden hören!«, fauchte Christian und ließ sich ins Kissen zurücksinken. Der Schmerz in seiner lädierten Wange trieb ihm die Tränen in die Augen.

»Einsamkeit und Langeweile, gepaart mit Alkohol.« Andreas funkelte ihn an. »Das sind drei Gründe, warum ich mit Nicole im Bett gelandet bin. So einfach ist das. Keine tiefgehenden Gefühle oder Hintergedanken, zumindest anfangs.«

Christian runzelte die Stirn.

»Anfangs?«, wiederholte er argwöhnisch. »Wie lange geht das schon mit euch beiden?«

Andreas wandte den Blick ab und stützte sich schwer aufs Fensterbrett.

»Etwa ein Jahr«, sagte er leise. »Immer mal wieder, wenn wir in der gleichen Stadt waren. Wenn es sich zeitlich ergeben haben.«

»Und du bist von Anfang an mit Nicki ins Bett gegangen«, schloss Christian enttäuscht, während Arianas Bemerkungen auf einmal Sinn ergaben. Sie musste von dieser Verbindung gewusst haben. Aber das war ein Thema, über das er nicht mit Andreas sprechen musste.

Sein Bruder zuckte nur mit den Schultern.

Christian atmete tief durch.

»Wer sagt mir, dass du Nicki nicht geschwängert hast?«, stieß er hervor und schloss die Augen. Er konnte Andreas nicht mehr ansehen.

»Dass kann dir niemand sagen außer ein DNA-Test.« Andreas klang gewohnt selbstsicher.

»Du genießt das, was?« Christian ballte die Hände zu Fäusten. »Erst gehst du mit meiner Freundin ins Bett, dann bist du möglicherweise sogar der Vater ihres Kindes und jetzt reibst du mir das genüsslich unter die Nase.«

»Darum geht es nicht, Christian.« Die Stimme seines Bruders hatte sich etwas verändert. »Wenn ich tatsächlich der Vater von Leon sein sollte ... ich werde mich da nicht aus der Verantwortung stehlen. Nicki bedeutet mir sehr viel. Und wenn es nur den Ansatz einer Chance gibt werde ich um sie kämpfen.«

Übelkeit machte sich in Christian breit. Natürlich verfolgte Andreas einen größeren Plan, wie hätte es auch sonst sein können?

»Geh«, stieß er hervor.

»Aber du machst es mit Ariana doch auch nicht anders«, wandte Andreas ein, doch er stand jetzt auf der anderen Seite des Raumes. »Wenn man euch auf der Premierenfeier gesehen hat wäre man nicht auf die Idee gekommen, dass ihr kein Paar seid.«

»Hau ab«, fauchte Christian und sank ins Kissen,

als die Schmerzen in seiner Wange wieder übermächtig wurden.

Und endlich hörte er ganz leise, wie die Tür ins
Schloss fiel.

»Na wie siehts aus?«, wollte Jens gut gelaunt
beim Betreten von Christians Krankenzimmer
wissen und runzelte die Stirn, als er seinen Bruder alleine vorfand. »Wo ist der Große?«

»Er wartet draußen.« Christian schloss müde die
Augen. Eigentlich wollte er nur noch wissen, wie
es Nicole ging, dann würde er sicher mehrere
Stunden schlafen können, so müde wie er gerade
war. Daran konnte nicht einmal das Gedankenkarussell bestehend aus Nicole, Andreas, Leon und
sich selbst etwas ändern.

»Was ist denn eigentlich passiert?«, mischte sich
Claudia Rückert verwirrt ein.

»Warum habt ihr euch in der Premierennacht
überhaupt geschlagen? Christian, ich will wissen,
was los ist mit euch!« Sie setzte sich auf den
Stuhl neben seinem Bett und griff nach seiner
Hand.

»Wir haben gestritten«, blieb Christian dicht bei
der Wahrheit.

»Und dann hat ein Wort zum anderen geführt,
bis wir uns gegenseitig eine rein gehauen haben.« Er ließ die Augen geschlossen.

»Ihr seid doch keine fünf Jahre alt«, meldete sich

218

nun auch sein Vater zu Wort. »Um was ging es eigentlich?«

Alexander bewahrte Christian vor einer Antwort und der weiteren Diskussion, denn er kehrte von der Intensivstation zurück. Eine Pflegerin folgte ihm mit einer frischen Schmerzinfusion für Christian.

»So, ich habe Nicki besucht«, berichtete Alexander, nachdem die Tür hinter der jungen Pflegerin ins Schloss gefallen war.

»Sie atmet wieder selbstständig, war aber noch nicht ansprechbar.« Er vergrub die Hände in seinen Hosentaschen. »Ihre Werte für Sauerstoffsättigung, Blutdruck und Puls sehen aber gut aus«, fügte er noch mit einem Lächeln hinzu.

Christian atmete vorsichtig auf. Wenigstens ging es ihr nicht schlechter. Doch er hoffte inständig, dass sie endlich aufwachte und etwas Licht in das Beziehungschaos bringen würde.

»Leon geht es auch soweit gut«, strahlte seine Mutter. »Und er ist ja so süß, den habt ihr richtig gut hingekriegt.«

Ein gequälter Ausdruck glitt über Christians Gesicht.

»Sag mal, wissen eigentlich Nickis Eltern von ihrem Zustand?«, wechselte Jens abermals das Thema.

»Sie sind auf einer Rundreise irgendwo bei Malaysia«, überlegte Christian laut. »Nicki hatte sie auf dem Laufenden gehalten, aber sie waren zuletzt wieder nicht zu erreichen. Irgendeine Tour ohne Handy am Arsch der Welt fernab von technischem Schnickschnack.«

»Ist manchmal aber auch wohltuend«, stellte Alexander fest. »Einfach mal nicht erreichbar sein.«

»Mein letzter Stand ist, dass sie am zwanzigsten, also am Mittwoch zurückfliegen. Vermutlich sind sie dann nicht vor Donnerstag hier in Wien.« Christian deutete ein Schulterzucken an. Mit Nicoles Eltern verband ihn ein neutrales Verhältnis. Sie kamen miteinander aus, aber besonders herzlich würden sie wohl nie miteinander umgehen. Inzwischen hatte er sich damit arrangiert. »Sie wissen, wie sie Nicki und mich erreichen können, von daher ... sie werden sich schon melden.«

»Aber auch seltsam, dass sie einfach im Urlaub bleiben, wenn es ihrer Tochter gesundheitlich nicht gut geht«, bemerkte Claudia Rückert irritiert.

»Auf die Reise haben sie lange gespart«, wusste Christian aus Nicoles Erzählungen.

»Und sie konnten auch nicht stornieren oder umbuchen, ohne viel Geld zu verlieren. Anscheinend haben sie darüber aber schon in Hamburg mit Nicki gesprochen, als sie von ihrem gesundheitlichen Zustand erfahren hatten.«

»Muss jeder selbst wissen.« Sein Vater sah auf die Uhr. »Aber ich würde sagen, wir lassen dich jetzt erst einmal in Ruhe, damit du dich erholen kannst. Morgen sieht die Welt auch schon wieder besser aus.«

Dankbar nickte Christian.

»Ich muss mich dann leider verabschieden«, bemerkte Alexander bedauernd. »Mein Flug geht heute Abend um Sieben, ich muss mich ja morgen wieder um meine Patienten in der Praxis kümmern.«

»Schon okay«, nuschelte Christian und versuchte, seine Wange so wenig wie möglich zu bewegen. »Wir können ja die Tage einfach nochmal telefonieren, wenn ich wieder etwas besser beinander bin.«

Kapitel 26

Christian hatte die meiste Zeit im Spital verschlafen, wenn man mal von dem Besuch seiner Familie absah. Zwei Tage nach seiner Operation durfte er dann aber endlich wieder nach Hause.

»Gehen Sie es ruhig an, Herr Rückert«, ermahnte ihn der plastische Chirurg.

»Keine körperliche Anstrengung, bei Kopfschmerzen, Sehstörungen und anderen Problemen stellen Sie sich bitte umgehend in der nächsten Notaufnahme vor.«

»Natürlich«, brummte Christian, dem die Ermahnungen langsam auf die Nerven gingen. Einmal sollte doch ausreichen, er war schließlich kein kleines Kind mehr.

»Ich sehe Sie dann in einer Woche zum Fädenziehen.« Doktor Seifart reichte ihm den Entlassungsbrief. »Bis dahin, alles Gute, Herr Rückert.« Er verabschiedete sich mit einem Lächeln und verließ das Krankenzimmer mit langen Schritten. Christian dagegen stopfte den Briefumschlag in seine kleine Reisetasche, die ihm seine Brüder mit den nötigsten Utensilien mitgebracht hatten, und blieb abwartend auf der Bettkante sitzen. Das Frühstück stand kaum angetastet vor ihm auf dem Nachtkästchen.

Rasch tippte Christian eine Nachricht an seine Eltern und verabredete sich mit ihnen zum Frühstücken. Er war sich sicher, dass er im Hotel etwas Besseres zu essen bekommen würde.

Da er erst am Nachmittag Nicole auf der Intensivstation besuchen durfte, fuhr Christian erst mit der U-Bahn nach Hause in seine Wohnung und machte sich dann auf den kurzen Weg zum Hotel seiner Familie.

»Guten Morgen!« Claudia Rückert umarmte ihren jüngsten Sohn in der Hotellobby und sah ihm prüfend ins Gesicht. »Wie geht es dir denn?«

»Soweit gut«, meinte Christian ausweichend, denn sein Magen knurrte inzwischen vernehmlich. »Ich will ja nicht drängeln, aber ich brauche dringend etwas zu essen, das Frühstück in der Klinik war echt grauenvoll.«

Sein Vater, Jens und Susanne folgten Christian und Claudia Rückert in den Speisesaal des Hotels, wo ein Frühstücksbuffet aufgebaut war, das keine Wünsche offen ließ.

»Okay, aber jetzt muss ich mal direkt nachfragen«, begann Gunther Rückert nach der ersten Runde Kaffee und lehnte sich zurück. »Was ist zwischen dir und Andreas vorgefallen?«

»Ich weiß nicht, was du meinst«, blieb Christian stur und rührte Milch in seinen Kaffee.

»Ich meine, dass ihr euch Freitagnacht auf offener Straße geprügelt habt und du darüber hinaus scheinbar derart unkonzentriert bist, dass du auf der Bühne mit einem Kollegen zusammenstößt und sogar operiert werden musstest«, wurde sein Vater konkreter. »So kenne ich dich nicht, Christian, und genau deswegen mache ich mir Sorgen.«

Seufzend ließ Christian den Löffel auf die Untertasse fallen und stützte die Unterarme auf den Tisch.

»Meine Freundin wurde am offenen Herzen operiert«, sagte er mit rauer Stimme und räusperte sich energisch.

»Nickis Zustand macht mich fertig«, gestand er und sah angestrengt auf die weiße Tischdecke. »Nicht zu wissen, wann sie wieder aufwacht. Wie es mit ihr weitergeht. Ob wir eine Familie werden können.«

Andreas' Anteil an diesem Drama verschwieg er an dieser Stelle ebenso wie sein Abenteuer mit Ariana. Er ahnte, wie seine Eltern darauf reagieren würden und darauf hatte er gerade überhaupt keine Lust.

»Das kann ich gut nachvollziehen.« Mitfühlend legte ihm seine Mutter die Hand auf den Unterarm.

»Aber warum dann die Schlägerei mit Andreas? Seit eurem Gespräch in der Klinik geht ihr euch aus dem Weg, Andreas ist die ganze Nacht unterwegs und …« Sie brach ab. »Na ja, wir wissen alle, was er macht.«

Verstimmt zog Christian seinen Arm zurück. »Natürlich wissen wir alle, was er veranstaltet. Was meinst du, warum wir gestritten haben? Weil er mit Nicki im Bett war!«, fauchte er und verschränkte die Arme vor der Brust. »Deswegen habe ich ihm eine reingehauen. Deswegen will ich ihn nicht mehr sehen.«

Seine Eltern schwiegen, Jens und Susanne ließen ihnen einen Moment und gingen noch einmal zum Buffet. Es gab gerade ohnehin nichts zu sagen.

Im Hotelfoyer hieß es schließlich Abschied nehmen. Am späten Nachmittag ging der Rückflug nach Nürnberg, so langsam wollten die Rückerts ihre Sachen zusammenpacken und sich gemütlich auf den Weg zum Flughafen machen.

»Sag Nicki von uns viele Grüße und gute Besserung«, bat Claudia Rückert ihren Sohn bei einer langen Umarmung. »Und halt uns unbedingt auf dem Laufenden, wie es euch ergeht.«

»Und schick Fotos von Leon!«, mischte sich nun auch sein Vater ein.

»Wenn du Hilfe brauchst, sag uns Bescheid. Übers Wochenende können wir sicher immer wieder nach Wien fliegen, du bist ja nicht aus der Welt.«

»Mach ich«, versprach Christian und brachte sogar ein Lächeln zustande.

»Danke, dass ihr hier ward.« Er umarmte auch seine Schwägerin, von seinem Vater und Jens verabschiedete er sich wie immer mit einem Handschlag.

»Meldet euch heute Abend, wenn ihr wieder daheim seid«, meinte er zum Abschied und verließ dann das Hotel mit hängenden Schultern.

Zu viel ging ihm durch den Kopf. Erst auf den letzten Metern zu seiner Wohnung straffte er den Rücken, schob die Gedanken etwas beiseite. Gleich würde er sich auf den Weg ins Spital machen, um nach seiner Freundin zu sehen.

War sie inzwischen aufgewacht?

Ging es Nicole endlich besser?

Wie waren die Ärzte mit dem Kunstherz zufrieden?

Den Weg zur Neugeborenen-Station kannte Christian mittlerweile im Schlaf. Wie jeden Nachmittag besuchte er seinen Sohn, bevor er weiter zu Nicole auf der Intensivstation ging. Er wollte Nicki schließlich immer das Neueste von ihrem Sohn erzählen können, deswegen hatte er sich für diese Besuchsreihenfolge entschieden.

Doktor Bedrich untersuchte gerade Baby Leon, als Christian das Überwachungszimmer betrat.

»Ah, Herr Rückert!«, freute sich der Kinderarzt und reichte ihm die Hand.

»Was ist denn mit Ihnen passiert?«, wollte er überrascht wissen.

»Bühnenunfall«, wiegelte Christian ab, der das Thema langsam leid war. Er wusste selbst, dass sein Anblick gerade alles andere als vertrauenserweckend war, aber dagegen konnte er im Moment auch nichts machen.

Neugierig sah er auf seinen Sohn, der noch immer im Wärmebettchen lag. Inzwischen kam er allerdings komplett ohne Beatmung oder Sauerstoffgabe aus.

Konnte ihn sein Gefühl so täuschen? Leon in seinem Arm, das fühlte sich so richtig, so echt an. Würde sich daran etwas ändern, wenn Andreas der biologische Vater des Kleinen war?

Nachdenklich musterte der Kinderarzt den Vater seines kleinen Patienten, ließ das Thema dann allerdings ruhen.

»Wie sieht es denn im Moment überhaupt aus?«, fragte Christian und konnte den Blick kaum von Leon wenden. »Können Sie schon absehen, wann er nach Hause darf?«

Doktor Bedrich nickte mit einem Lächeln.

»Leon entwickelt sich gut«, bemerkte er zuver-

sichtlich. »Wir sind sehr zufrieden, dass er endlich an Gewicht zulegt, auch mit der Atmung gibt
es keinerlei Schwierigkeiten. Ich gehe davon aus,
dass er das Wärmebettchen gegen Ende der Woche nicht mehr brauchen wird.«

»Und dann darf er nach Hause?« Christian konnte es kaum erwarten, seine Familie endlich bei
sich zu Hause zu haben und nicht mehr im Krankenhaus besuchen zu müssen. Andererseits war
es ihm in den letzten vier Wochen durchaus ent-
gegengekommen, dass Leon auf der Neugeborenen-Station betreut worden war, sodass er sich
gleichzeitig auch um Nicole hatte kümmern können.

»So sieht es aus.« Doktor Bedrich lächelte. »So,
dann lasse ich Sie mal allein mit dem kleinen
Mann.«

Kapitel 27

Einigermaßen ausgeschlafen erreichte Christian das Ronacher Theater gegen neun Uhr morgens. Er hatte um einen Termin mit Mathias Francke gebeten, um mit ihm über die nächsten Wochen zu sprechen. Für vier Wochen war er krank geschrieben, danach wollte und sollte er eine Auszeit für die Familie nehmen. Oder sich überlegen, wie er seine Verpflichtungen im Theater künftig mit Leon und Nicki vereinbaren konnte, schließlich war noch nicht absehbar, inwieweit sich seine Freundin um den gemeinsamen Sohn würde kümmern können.

»Ah, Christian. Guten Morgen.« Der Abendspielleiter kam um den überfüllten Schreibtisch herum und reichte Christian wie immer zur Begrüßung die Hand. »Setzen wir uns doch.«

Christian ließ sich langsam in den schwarzen Ledersessel sinken und versuchte, das Pochen seiner Wange zu ignorieren. Wahrscheinlich hätte er die Treppe etwas langsamer nehmen sollen.

»Wie geht es dir und deiner Familie?«, wollte

Mathias Francke nachdenklich wissen.

»Nicole wurde letzten Samstag noch einmal operiert, sie hat jetzt ein Kunstherz«, berichtete Christian leise. »Es geht aufwärts, aber wir müssen abwarten, wie sich die Situation entwickelt.« Der Abendspielleiter blieb stumm.

»Leon geht es deutlich besser, er wird vermutlich nächste Woche nach Hause entlassen«, fuhr Christian fort. »Deswegen wollte ich mit dir sprechen. Ich bin ja noch bis Mitte Oktober krank geschrieben, aber danach ...« Er biss sich auf die Lippe.

»Wie du vielleicht weißt, steht es dir als frischgebackenen Vater zu, vier Wochen Vaterschaftsurlaub zu nehmen, was wir dir ohne Probleme gewähren können«, informierte ihn Mathias Francke. Auch er hatte sich schon seine Gedanken zur Situation seines Hauptdarstellers gemacht.

»Anschließend könntest du in Elternzeit gehen«, fuhr er fort. »Wir können dir aber auch ein Teilzeitmodell anbieten, indem du einige Shows pro Woche übernimmst, dein Pensum aber deutlich zurückfährst. So könnten wir weiterhin zwischen drei Darstellern auf dieser Position rotieren und du hättest nach wie vor Zeit für deine Familie.« Nachdenklich nickte Christian. Er musste sich das erst einmal durch den Kopf gehen lassen und auch abwarten, wie es mit Nicole weiterging.

Wenn sie sich erholte, könnte sie beispielsweise abends auf Leon aufpassen, während er im Theater arbeitete.

Doch das stand im Moment noch in den Sternen. Und nicht zuletzt kam ihm immer wieder der Gedanke, ob er sich vorschnell gegen einen gutbürgerlichen Beruf entschieden hatte.

Direkt nach seiner Profi-Tanz-Karriere hatte er ein Jurastudium angefangen und sehr schnell wieder abgebrochen. Das Künstlerherz in ihm hatte gewonnen und ihn hierher, nach Wien, geführt. Wäre er jetzt als Anwalt mit geregelten Arbeitszeiten besser dran? Würde er so Familie und Beruf besser unter einen Hut bringen?

»Lass dir deine Optionen einfach mal durch den Kopf gehen«, holte ihn Mathias Francke zurück aus seinen Gedanken. »Wir unterhalten uns dann einfach in vier Wochen darüber, wie wir die weitere Spielzeit gestalten. Ich denke, bis dahin kannst du auch schon eher absehen, wie es mit euch weitergeht.«

Zu Hause aß Christian in Ruhe zu Mittag, dann fuhr er wieder ins AKH.

Nicole war am Vortag bereits ansprechbar gewesen, war aber immer wieder eingeschlafen. Noch immer eine Nebenwirkung der Medikamente, hatten ihm die Ärzte erklärt und Christian hoffte inständig, dass sie recht behielten.

Eine Pflegerin begleitete Christian zu Nicoles Bett und zog sich dann zurück.

»Hey …« Nicole lächelte und streckte die Hand nach ihm aus. »Ich hab schon auf dich gewartet.« Christian ließ sich von ihrem Lächeln nur zu gern anstecken. Er gab seiner Freundin einen zärtlichen Kuss auf den Handrücken.

»Du siehst super aus«, freute er sich. »Wie fühlst du dich?«

Nicole klopfte auffordernd auf die Matratze neben sich.

»Heute Vormittag wurde eine Reihe an Tests gemacht, aber Doktor Wrede meinte, dass sich mein Zustand deutlich verbessert hätte. Die genauen Ergebnisse bekomme ich morgen.« Sie sah Christian glücklich in die Augen.

»Vielleicht werde ich dann schon morgen auf die Herzstation verlegt.«

»Das ist doch super!« Christian strahlte, verzog dann jedoch das Gesicht, als seine Wange schon wieder zu schmerzen begann.

Der Bluterguss schimmerte inzwischen in dunklen Lilatönen, doch die Schwellung war endlich zurückgegangen.

»Jetzt musst du mir aber mal erzählen, wie du zu deinem ramponierten Äußeren gekommen bist«, verlangte Nicole mit einer Mischung aus Belustigung und Mitgefühl und drückte seine Hand. »Was hat sich dir in den Weg gestellt?«

Verlegen seufzte Christian.

»Die Knochenbrüche habe ich Joe zu verdanken«, erzählte er.

»Er hat mir in der großen Kampfszene vom zweiten Akt seine Keule ins Gesicht gehauen – wir waren wohl beide etwas nachlässig mit den genauen Positionen.«

»Oh weia«, kommentierte Nicole.

»Ich hatte aber schon vorher ein blaues Auge«, rückte Christian mit der ganzen Wahrheit heraus. Denn ihm brannte noch eine ganz andere Frage unter den Nägeln. Nämlich, was genau zwischen Nicole und Andreas gelaufen war. Denn dem Bericht seines Bruders traute Christian an der Stelle nur bedingt.

»Und das hat dir wer verpasst?« Verwirrt runzelte Nicole die Stirn. Normalerweise war ihr Freund nicht unbedingt für seine Schlägereien bekannt.

»Mein Bruder.« Christian wandte den Blick ab. »Andreas.«

»Was war los?« Nach langem Schweigen ergriff Nicole wieder das Wort. Sie versuchte, in Christians Miene zu lesen, wurde jedoch nicht aus ihm schlau.

»Wir haben uns auf dem Heimweg von der Premierenfeier unterhalten …«, begann Christian zögerlich. »… na ja, und da kamen wir darauf, dass er glaubt, ich würde zweigleisig mit Ariana fahren.«

»Zweigleisig?« Nicoles Mundwinkel zuckten.

»Du weißt, dass ich mit ihr während der Tour das ein oder andere Mal was hatte.« Christian räusperte sich.

»Aber für mich war es nie mehr als ... etwas körperliche Nähe, während ich vor Sehnsucht nach dir fast verrückt geworden wäre.«

»Hey ...« Behutsam legte Nicole ihre Hand an seine gesunde Wange. »Du musst dich vor mir nicht rechtfertigen, Chris. Wir haben uns vor Jahren darauf geeinigt, während langen Touren eine offene Beziehung zu führen. Du hast mir von Anfang an erzählt, dass du mit Ariana ins Bett gehst. Für mich ist es okay.«

»Du hattest auch Bekanntschaften«, fuhr Christian mit rauer Stimme fort. Er wusste, dass es Nicole nicht gut ging, aber er konnte nicht anders. Er brauchte unbedingt Antworten.

»Und genau darüber wollte ich mit dir sprechen.« Er schwieg erneut.

»Warst ... hattest du ...« Er setzte erneut an.

»War Andreas eine deiner Bekanntschaften?« Lange blieb Nicole stumm, doch schon in ihrem Blick sah Christian, dass sich seine Befürchtungen bewahrheitet hatten. Andreas hatte nicht gelogen. Sein Gefühl hatte ihn nicht getäuscht.

»Aber warum ...?«, wollte Christian tonlos wissen. »Warum er? Warum ausgerechnet mein Bruder?«

Nicole deutete ein Schulterzucken an.

»Das Gleiche könnte ich dich fragen, Chris. Warum Ariana? Warum sie?« Sie seufzte.

»Er war da, wir haben uns spontan in einer Bar getroffen und dann hat eins zum anderen geführt«, fuhr Nicole leise fort, mied den Blick zu ihm.

»Aber das muss ich dir wohl kaum erklären, du machst es ja selbst nicht anders.« Sie griff nach seiner Hand, doch Christian reagierte nicht.

»Ist Leon mein Sohn?«, fragte er tonlos.

Die Antwort gibt es in Band 2 ...

Worterklärungen

Hinweis: Die Erklärungen wurden nach bestem Wissen und Gewissen erstellt und erheben keinen Anspruch auf Vollständigkeit

AKH	Allgemeines Krankenhaus der Stadt Wien
Akutes Koronarsyndrom	Überbegriff für Herz-Kreislauf-Erkrankungen, die akut lebensbedrohlich sind
Anamnese	Gewinnen von Informationen zu den Beschwerden des Patienten
EKG	Elektrokardiogramm elektrische Vorgänge am Herzen
Embolie	Verstopfung eines Blutgefäßes durch körpereigene oder körperfremde Substanzen in der Blutbahn
Fightcall	Probe vor Showbeginn mit den wichtigsten Kampfszenen
Herzinsuffizienz	Pumpschwäche des Herzens

Inkubator	Brutkasten für Frühgeborene
Intubation	Einführen eines Beatmungs-schlauches in die Luftröhre
Invasiv	Größere Eingriffe in den Körper, z.B. Operationen, Katheter-Untersuchungen etc.
Luftembolie	Embolie, verursacht durch Luft in der Blutbahn
MRT	Magnetresonanztomografie
Perikarderguss	Flüssigkeitsansammlung im Herzbeutel
Preview	Vorstellung vor der eigentlichen Premiere, »Probe vor Publikum«
Pulsoxymeter	Gerät zur Messung der Pulsfre-quenz und Sauerstoffsättigung
RTW	Rettungswagen
Schockraum	Dient der Erstversorgung schwerverletzter Patienten
Tubus	Beatmungsschlauch
Zugang, venöser	Venenverweilkatheter, über den Medikamente direkt in den Blutkreislauf verabreicht wer-den können

Danksagung

Ich möchte mich von Herzen noch bei einigen, wichtigen Menschen bedanken, ohne die dieses Buch nicht möglich gewesen wäre.

Allen voran möchte ich mich bei meinem Mann bedanken – ohne deine Geduld und die langen Schreibabende würde ich wohl heute noch tippen.

Meine ersten Testleser: Claudia und Evi – ich weiß, ihr bekommt manchmal die abenteuerlichsten Entwürfe auf den Tisch. Danke für eure Unterstützung, Geduld und die langen Gespräche.

Danke an meine Testleserunde: Alexandra, Teresa, Corinne, Marita. Auch ihr habt viel Zeit und Energie in die Überarbeitung dieses Fehlers gesteckt.

Das wohl größte Dankeschön geht aber an Bernhard. Du gibst jedem Fehler sein eigenes Gesicht und schaffst es, meine Ideen sinnvoll umzusetzen.

Und nicht zuletzt gilt ein großer Dank allen Lesern und Buchbloggern, die nicht nur meiner Fehlerreihe eine Plattform geben und neue Ideen und Schreibansätze begleiten.

Bisher erschienen:

Frederik Hendriksson gerät als Assistenzarzt in den Sog eines gewaltigen Skandals, dessen Kreise sich durch das ganze Krankenhaus ziehen.

Schon bald wird Frederik zum Gejagten und muss um sein Leben fürchten, denn seine korrupten Kollegen schrecken vor nichts zurück.

Kann er überhaupt noch jemandem vertrauen?

Der spannende Auftakt der Fehlerreihe!

Assistenzarzt Frederik ist nicht der Einzige, der dem Transplantationsskandal auf die Schliche kommt. Auch sein bester Freund Niklas Thorsen gerät in Bedrängnis.

Tote Patienten, korrupte Kollegen und ein Schusswechsel zwingen Niklas in die Arme einer Spezialeinheit, doch auch hier kann er niemandem trauen.

Wie kann er dem Dilemma lebend entfliehen?

Der zweite Fehler …

Ein Jahr nach dem großen Transplantationsskandal kehrt Unfallchirurg Niklas Thorsen zurück in die Uniklinik und muss feststellen, dass sich nicht alles zum Guten verändert hat.

Gleich sein erster Fall lässt ihn nicht mehr los, und schon bald wird Niklas selbst zum Angeklagten: Ist ihm im Stress zwischen privaten Problemen, Erinnerungen an das Zeugenschutzprogramm und der Eingewöhnung in den Arbeitsalltag etwa ein Kunstfehler unterlaufen?

Der dritte Fehler...

Nicht mehr davonlaufen. Sich der Vergangenheit stellen. Neu anfangen. Frederik Hendriksson wagt nach dem großen Transplantationsskandal die Rückkehr in seine Heimatstadt Hamburg. Kein leichter Schritt, denn hier hat sein Name gleich ein ganz anderes Gewicht und dann taucht noch ein alter Bekannter auf, um eine alte Rechnung zu begleichen. Selten hat Frederik seinen besten Freund Niklas Thorsen dringender gebraucht, doch ausgerechnet jetzt hat Niklas ganz andere Sorgen …

Der vierte Fehler – der fünfte Fehler ist bereits in Vorbereitung!

Du kannst gar nicht genug bekommen?

 Exklusives Zusatzmaterial, Leseproben, Zusatzmaterial und vieles mehr findest du auf meiner Homepage www.ar-klier.com!

Melde dich dort noch heute für meinen monatlichen Newsletter an und erfahre alle Neuigkeiten zu meinen Büchern als Erstes!

 Du willst sehen, wie ich arbeite? Wie meine Bücher Schritt für Schritt wachsen und gedeihen? Dann folge mir auf meiner Autorenseite bei Facebook

 www-facebook.com/AutorinAndreaKlier oder auf Instagram www.instagram.com/a_r_klier

Ich freue mich auf dich!